AFRODITA
© Gaetano Cinque
Diseño de portada: Dpto. de Diseño Gráfico Exlibric

Iª edición

© ExLibric, 2026.

Editado por: ExLibric
c/ Cueva de Viera, 2, Local 3
Centro Negocios CADI
29200 Antequera (Málaga)
Teléfono: 952 70 60 04
Fax: 952 84 55 03
Correo electrónico: exlibric@exlibric.com
Internet: www.exlibric.com

ISBN: 979-13-88255-00-7
Depósito Legal: MA 338-2026

Impresión: PODiPrint
Impreso en Andalucía – España

Nota de la editorial: ExLibric pertenece a Innovación y Cualificación S. L.

GAETANO CINQUE

AFRODITA

ExLibric
ANTEQUERA 2026

A Loretta, don de Afrodita

Nota del autor

El mito ofrece una gran oportunidad para abordar temas universales y permanentes de la condición humana. Algunos mitos, más que otros, hablan constantemente a las personas, interactúan con sus vidas, sin importar el tiempo o el lugar. El mito de las tres mujeres cretenses, Pasífae, Ariadna y Fedra, plantea un escenario muy actual: el de la sumisión femenina frente al mundo masculino. Al mismo tiempo, revela la determinación de cada una de ellas, lo que las convierte en verdaderas heroínas de nuestro tiempo. Además, algunos cambios introducidos en la novela permiten una lectura contemporánea del afán de poder, incluso a través de la mistificación de la realidad. Una dinámica tan preocupante como tristemente presente en la actualidad.

En esta novela, el mundo de los dioses y el de los humanos están entrelazados, interactúan entre sí y no hay salto de representación, según la más consolidada tradición mitológica griega. Los comportamientos humanos y divinos se mezclan, pero cada uno responde por su responsabilidad individual: jamás hay justificación basada en condicionamientos ajenos, sean humanos o divinos. Ninguno, ni mortal ni divino, puede aducir razones que no sean las propias.

Por ello, la representación de ambos mundos no se aleja de la vida cotidiana; las pasiones y emociones son comunes y pueden alcanzar una intensidad equivalente.

Mi relato se fundamenta en estos principios que se mantienen constantes, a pesar de los cambios introducidos en los hechos mitológicos narrados.

Presto llegaron: y tú, diosa feliz, sonriendo con tu rostro inmortal me preguntabas qué me sucedía y para qué otra vez te llamo y qué es lo que en mi corazón más quiero que me ocurra.

Ya dicen que la tropa montada en carros, ya la de los infantes, ya la de los navíos, sobre la tierra negra es lo más bello; pero yo, que es aquello que uno ama.

Safo, *El canto lesbio*
(Gredos, 2021)

¿Quién no querría tener de su lado al Amor con mayúscula, como Afrodita? Al final del programa educativo, es la diosa más poderosa del panteón, la que reina tanto sobre los seres humanos como sobre los dioses, que se hace benévola, cómplice, solo para una y terrible con los demás.

Laure de Chantal, *Las nueve vidas de Safo*
(Siruela, 2025)

1

La ira de Poseidón

Afrodita se sorprende al ver al severo Poseidón acercarse a su espléndido jardín, aislado y bastante alejado del Olimpo, mientras ella pasea recogiendo flores, dispuesta a tumbarse al sol y disfrutar de la sensualidad de una naturaleza en plena floración.

La presencia inesperada del dios marino la incomoda; Afrodita siempre ha preferido evitarlo por su carácter huraño y rencoroso.

Todavía ahora no puede mostrarse descortés hacia quien es hermano de Zeus y dueño absoluto de los abismos marinos.

Entonces hace que sobre su rósea cara aparezcan señales de una sonrisa de circunstancia. Se detiene frente a una planta de mimosa que ha explotado con tal riqueza de flores que forma un cono de color y brillo solar y se apoya en su tronco con refinada sensualidad.

—¿Qué pasa, Poseidón? ¿Por qué aquí? Por supuesto, por mí viniste a este jardín, imaginando que solo a mí podrías encontrarme en este lugar encantado.

—Es propio así, mi divina, estoy aquí por ti.

Poseidón parece muy inquieto, su barba hinchada y descuidada, sin cetro en mano; lo definirías un pobre marinero escapado de un repentino naufragio.

Cuando está a dos pasos de Afrodita estalla en una invectiva desorbitada y violenta.

—Detesto a los mortales y, si fuera por mí, los aniquilaría a todos. Estoy cansado por su incoherencia y mezquindad. Me gustaría barrer con todo de sus naves y de sus comercios. Los ahogaría a todos, levantando repentinamente violentas tormentas. Pero no, hay que tener moderación. ¡El Olimpo gobierna así!

Afrodita intenta calmar al dios marino.

—No puedes ser tan severo con los mortales. Nos honran, nos hacen sacrificios, a menudo nos miman con regalos excesivos. Nos elevan templos, estamos siempre en sus bocas para pedir ayudas.

—Todo eso me aburrió.

—A mí me gusta su adoración para nosotros inmortales —afirma con sinceridad la diosa Afrodita.

—Fue propio la falta de esta veneración la que hizo que en mí estallara una gran ira.

—¡Tranquilo, querido! Ven aquí y vamos a relajarnos y a tumbarnos en este maravilloso y suave césped. Cuéntame todo, diciéndome por cuál razón te dirigiste hacia mí, si por amor o por otra cosa. Tú lo sabes, yo me intereso solo de razones de amor, nunca sigo otros asuntos. Me encantan el amor, la sensualidad, el placer físico y todo lo que pertenece a esos temas. El mismo dios Ares se ha convencido de esta mi intransigencia: si quiere estar conmigo, ni golpes que duelan ni palabras que hieran, sino solo amor y sexualidad.

Mientras la diosa se inclina para tumbarse en la suave hierba del verde prado, extiende su mano hacia Poseidón para atraerlo a sí y hacer que él se acueste a su lado.

El dios marino se siente violento por la situación que se está creando, tiene miedo de que sea interpretado mal: él no ha venido para disfrutar las carantoñas sexuales de Afrodita, sino para algo muy, muy importante.

—¿Por qué eres tan titubeante conmigo? —pregunta la diosa—. No tengas miedo. Quiero solo escucharte con toda serenidad y confianza. Este es mi estilo.

Poseidón se alienta. Le dice:

—Vale, me acuesto contigo y, si lo quieres, puedes también posar tu rostro en mi pecho, igual a lo que haces a menudo con el dios Ares.

—¿Cómo lo sabes?

—De lo que todos hablan, quienes para compartir, quienes para reprobar. Los más condenan como debilidad una relación amable contigo.

—No pasa nada. No me alegra escuchar las lenguas malvadas.

Así diciendo, Afrodita pone su rostro en el velludo pecho del dios, que pregunta:

—Mi excelsa, ¿estarías disponible para complacerme en mi intenso deseo no de amor sino de venganza?

—Estaba convencida de que me pedirías un favor, pero relacionado con el amor, como ocurre a menudo en labios de quienes me invocan. Nunca imaginaba por odio o venganza. ¿Cómo puedes pedirle a la diosa del amor un favor tan opuesto a su naturaleza?

Poseidón no contesta enseguida. Acaricia el cabello de la diosa, a la que parece gustarle. Más bien ella le hace entender que el dios no acabe con los mimos.

Y así el dios, mientras continúa sus caricias en los cabellos y alargándose en la cerviz, precisa:

—No serás tú quien me vengue. Será la consecuencia de tu actuar por amor, como siempre haces. Eso es lo que yo quiero: que estalle amor, pasión, exceso sexual en el alma de una mujer, a tal punto que el sentimiento amoroso de normal se envuelva en locura, una llama que no pueda ser apagada y todo esté paradójico. Para mí, ver arrollada por una extrema pasión a quien no ha sido comedido conmigo me trae venganza y me deja satisfecho. Además, te pido también que esta locura sexual comprometa no solo a la culpable del gesto irrespetuoso hacia mí, sino a sus dos hijas femeninas. Así será perfecto mi castigo divino.

Afrodita se turba, aparta las caricias del dios marino y aleja su rostro del velludo pecho masculino y exclama:

—¡El amor jamás puede ser un castigo! El amor debe dar felicidad y alegría. Cuanto más intensa sea la pasión sexual, más profunda será la emoción de quien ha sido tocado por mí.

—Lo que quiero es propio eso: máxima pasión, máximo placer —explica Poseidón, mitigando su petición—. Tu intervención en la mujer y sus hijas por mí indicadas será coherente con el perfil de tu tarea divina. Tú nutres la voluptuosidad en los seres vivientes, en los animales y también en el mundo vegetal. Gracias a tu presencia la vida se renueva, tú entras en el corazón y se desarrollan seducción y placeres. En cualquier caso, tú actúas con más energía, tu presencia es más persistente y las personas por ti tocadas son las más agradecidas a los dioses, y son juzgadas afortunadas. Muchos, sobre todo mujeres, te invocan para que tú las elijas para tu intervención, piden que las lleves al placer más profundo. Esto es, entonces, lo que te pido que hagas, nada diferente a lo que ya haces.

—¿Por qué, entonces, hablas de venganza si me pides que la mujer a la que quieres castigar y sus dos hijas consigan el máximo placer?

—Este es el punto: yo me sentí ofendido por la falta de respeto a mi divinidad. La pasión que tú harás estallar en los corazones encontrará gran oposición y condena por parte del sentido común, como yo mismo lo experimenté cuando se me negó lo que me estaba destinado. Por eso, te pido un favor de amor, no por odio ni venganza. Lo que suceda después no es previsible, y tú, Afrodita, no puedes ser culpable. La verdadera culpa recae en el entorno en el que viven las mujeres. Y yo estaré satisfecho, porque gracias a tu intervención y a la experiencia que vivirán las mujeres, se restablecerá un principio de equilibrio y de justicia.

—Bien, digamos también que comparto esa consideración tuya. Pero ahora, Poseidón, ¿quieres contarme cuál es la culpa de la mujer? —pregunta Afrodita, retomando la posición de abandono sobre el pecho del dios del mar, quien se siente autorizado a reconstruir los hechos que provocaron su ira furiosa.

—Siempre he apreciado al rey de Creta, Minos. Además de ser un hábil navegante y de haber convertido a Creta en una importante potencia marítima, aunque en los últimos tiempos se retiró a una vida más pacífica, ha continuado mostrándome reverencia y profunda devoción. Hasta ahora, siempre he agradecido, y mucho, que los humanos me ofrezcan sacrificios, no solo por necesidad cuando surcan mis mares, sino también por verdadera devoción. Recientemente, Minos dejó claro que desde hacía tiempo deseaba sacrificarme un animal preciado. Por ello, me pidió que le permitiera conocer una criatura particularmente fascinante, con el fin de capturarla y ofrecerla de inmediato en mi honor, como muestra de gratitud por mi constante atención hacia él. Pronto lo complací, seguro de su fidelidad y coherencia. Una mañana, al amanecer, mientras el rey paseaba con su esposa Pasífae por la playa, apareció ante sus ojos un joven y vigoroso toro blanco. El rey de Creta pensó al principio que se trataba de una alucinación y, por tanto, quiso ignorar la cosa y continuó paseando. Su esposa, en cambio, se dio cuenta de que estaban frente a un ejemplar bovino maravilloso. La tarea consistía únicamente en capturar al animal. Se lo dijo a su marido, quien en seguida comprendió que ese toro debía ser el regalo que me había solicitado. Por ello, ordenó capturarlo y sacrificarlo de inmediato en mi honor. Invitó entonces a dos esclavos a encargarse de la captura, que resultó ser más fácil de lo esperado. El toro, dócil, fue llevado ante la pareja real. La reina Pasífae quedó inmediatamente fascinada por la hermosura del animal, por su color blanco brillante y por el vigor expresado por su corta edad. Minos declaró que ese mismo día procedería a sacrificar el toro, tal como me lo había prometido, si llegaba a encontrarlo. Sin embargo, Pasífae se opuso de inmediato, afirmando que un ejemplar tan extraordinario no debía ser sacrificado. Ante la objeción de su esposo sobre cómo justificarían la ausencia del sacrificio, ella sugirió realizar igualmente la ofrenda divina, pero utilizando otro toro en lugar del que le había sido concedido. Lo que más me irritó fue que, tras una débil resistencia, Minos acabó dejándose influenciar por su esposa y aceptó la decisión de no sacrificar el toro que yo le había concedido, sino otro ejemplar de la manada cretense. Ese mismo día, mientras el majestuoso toro blanco era encerrado en un criadero reservado y protegido, Minos hizo sacrificar en mi honor a otro toro, igualmente joven y hermoso, creyendo así cumplir parcialmente su promesa hacia mí. Así al menos lo creyó él. Pero yo me sentí traicionado, porque Minos, según mi juicio, no cumplió con la palabra dada. Y su esposa se mostró aún más inadecuada por no comportarse como una reina obediente a la voluntad del rey. Por tanto, si bien el rey fue culpable por su gesto hacia mí, fue Pasífae quien cargó con la mayor culpa.

—¿Por qué crees que Pasífae insistió en salvar al joven toro? —pregunta Afrodita, particularmente intrigada por esa historia.

—Eso es asunto tuyo —responde Poseidón con desdén—. Si quieres ayudarme, adelante. Pero a mí no me interesa la razón detrás de la oposición de la mujer al sacrificio. Lo que importa es el hecho: obligó a su marido a no cumplir el acuerdo que tenía conmigo.

—¿Y entonces, por tu deseo de venganza, yo debería asegurarme de que la atención de la reina Pasífae por el toro se transforme en amor explícito? ¿En pasión sexual hacia el animal?

—¡Sí, es propio así! El interés hacia el toro por parte de la reina es algo más que una curiosidad hacia una bestia hermosa, guapa, vigorosa; es una verdadera pasión de las que tú sola, Afrodita, eres capaz de suscitar en el alma humana, sobre todo en aquella femenina. Es una locura que no tiene en cuenta ninguna consideración de sentido común ni de reglas morales. Es un amor total por el toro, que es admirado más que cualquier ser humano. Mejor aún: el toro se convierte en símbolo de la fuerza vital del eros presente en toda forma de vida. El ridículo que rodeará a la pareja real frente a los demás será mi venganza. Solo eso me interesa, no otra cosa. Y ahora soy yo quien te pregunta: ¿es posible que lo que te he descrito puedas realizarlo con tu fuerza divina?

Afrodita no responde de inmediato; permanece en silencio durante un largo rato. Luego confiesa:

—La cosa me intriga… y mucho. Tu deseo de venganza queda en segundo plano; no es el elemento fundamental de mi intervención. Lo verdaderamente disruptivo es este amor extremo por el toro. Es algo sorprendente, innovador. Estamos a punto de superar las barreras que impiden una relación emocional entre diferentes especies. El amor va más allá de todos los límites. Sin embargo, hay una complicación: cuando yo intervengo sobre el alma humana, doy el comienzo, pero luego ya no tengo control sobre lo que sigue. Solo puedo garantizar la explosión de la pasión. Después, los comportamientos se entrelazan con historias individuales y con el azar. Las moiras tejen los hilos del destino de manera caótica y toman caminos impensables. ¿Estás dispuesto a compartir lo que suceda… y a asumir también tu parte de responsabilidad?

—¡Nunca me he echado atrás en mis decisiones! responde con firmeza el dios del mar, Poseidón.

—Por tanto, yo encenderé el alma de la reina Pasífae y haré que, poco a poco, su curiosidad, su interés y su admiración por el animal se transformen en pasión amorosa. Verá en el toro todo lo que el deseo amoroso es capaz de provocar en el alma de una mujer.

—¡Así, mi solicitud ha sido aceptada! —observa Poseidón—. Por eso te agradezco, y estoy convencido de que los frutos de tu intervención, como diosa del amor, serán portentosos. Cuando debas actuar sobre las otras mujeres, hijas de Pasífae, volveré a ti para recordarte la continuidad de tu compromiso.

El dios marino, de manera brusca, se levanta, interrumpe su diálogo con Afrodita y se aleja, saludándola con un imperceptible gesto de la mano.

La diosa permanece inmóvil, mientras todos sus pensamientos se dirigen ya a la reina Pasífae.

2

Deseo indecible

No puedo deshacerme de las emociones extrañas que sentí al ver al joven toro.

Sobre todo durante la noche, su imagen, la de un animal poderoso, entra en mí y no me deja ni un momento.

¿Qué tiene ese toro que, aquella mañana, se apoderó de mí por completo sin concederme tregua?

Sin embargo, toros he visto muchísimos; los he visto también apareándose con vacas en las granjas y, aunque un poco me picaba la curiosidad por cómo el toro deseaba montar a la vaca, por su pasión y, al final, por su ímpetu, todo se acababa allí y de noche no tenía trastorno ni obsesión. Dormía tranquila.

Ahora hay algo, no sé definir lo que me pasa. Quiero dormir. Cerrar con fuerza los ojos.

Y, si cierro los ojos, el joven toro me aparece. Patea, me mira... me habla.

¡Sí, me habla!

Toda su figura se dibuja ante mí: su cabeza poderosa, su cuello hinchado, sus fosas nasales abiertas.

Esta mirada nocturna del toro va más allá... y yo no quiero eso. Pero es más fuerte que mi voluntad.

Cada noche intento apartar su imagen, pero no puedo. Estoy atrapada por una vibración intensa en todo mi cuerpo.

Y siempre más sola en la cama. No hay nadie con quien hablar.

Minos, desde hace tiempo, ya no me permite dormir con él. Incluso la noche después del encuentro con el toro se opuso a mi solicitud de acostarme a su lado.

El toro no le hizo cambiar su decisión y estableció que debíamos seguir durmiendo separados. Según él, su tarea masculina y de esposo se había cumplido tras haberme preñado seis veces. Decidió que debíamos renunciar definitivamente a las relaciones sexuales. Por ello, teníamos que seguir durmiendo en camas separadas, en habitaciones del palacio real separadas, y que nuestros hijos también tenían que seguir estando alejados de mí durante la noche.

Aquí estoy sola y desesperada en esas noches, con fuertes emociones nuevas que me quitan el aliento…

¿Qué pasa?

Solo un dios podría salvarme.

Sin embargo, ¿de verdad los dioses nos ayudan cuando estamos desesperadas? No lo creo. Nunca he creído que un dios, al verme en este estado, me ayudara.

Durante estas noches de sufrimiento, con la constante presencia del animal en mis sueños, nunca he sentido que algún dios me llamara.

Creo que el Olimpo está muy lejano…

Además, ¿por qué un dios debería salvarme por un toro? Los animales, para los dioses, son útiles solo para sacrificios sangrientos.

Mi marido, apenas vio al joven toro, súbitamente pensó en sacrificarlo a su dios Poseidón. Ese es el destino de los animales:

alimentar al ser humano con sus carnes o hacer felices a los dioses con su sufrimiento, a través de ritos inaceptables y terribles sacrificios.

¿Qué es lo que me empuja cada día a ir a la granja protegida y aislada donde está custodiado el toro blanco?

Noche y día con él: por la noche en mi psique, por el día en la granja. Es un verdadero frenesí, el mío.

Minos querría prohibirme ir a la granja. Me dijo que no debía frecuentar con tanta insistencia al toro blanco, que comenzaba a hartarse de la situación y que no era decoroso que la reina de Creta pasara tanto tiempo en una granja de toros.

¿Quién me puede ayudar para que yo comprenda qué me está ocurriendo dentro de mí?

Tengo intenso deseo sexual; querría acostarme con mi hombre, pero no lo quiere. Sin embargo, Minos fue un amante apasionado: me tomaba con fuerte orgasmo, me daba mucho placer. Luego su deseo menguó y se apagó, y yo caí en una soledad erótica. Mi fuerte deseo sexual quedó frustrado.

¿Pero ahora?

¿Por qué la excitación sexual regresa? Mi pasión erótica se ha encendido otra vez. Hierve la sangre en mis venas, siento un vacío que quiero llenar.

Amé a Minos, su cuerpo joven, arrojado, pero ahora es aburrido, insípido, sin color; ya no es nada atractivo, él mismo quiere serlo. Me parece que, convencido, participe de su vejez.

Yo no quiero envejecer, amo demasiado la vida y no me rindo.

El toro, animal joven, enardecido, ha eclipsado cualquier otro interés: es a él a quien quiero ver, es a él a quien quiero acariciar.

¡Es pura locura!

¿Por qué mi excitación sexual ahora ha vuelto intensa?

¿Qué pasa?

¿A qué dios o a qué diosa debo recurrir? No me queda otra esperanza.

La llama que arde en mi alma hay que contenerla.

Debo explicarme por qué otra vez en mí estalla la pasión erótica y para quién.

Estoy cada vez más convencida de que el Olimpo está lejos; no hay ningún dios ni diosa que quiera escucharme.

Ojalá pudiera creer en una diosa.

Hay ciertamente una diosa a quien dirigirme…

Sí, hay una diosa, y la olvidé. Sí, hay una diosa, y yo la olvidé…

—¿Por qué antes olvidé… a la diosa Afrodita?

—Al final me invocaste —me confiesa la diosa Afrodita con evidente aprensión—. Esperé mucho tiempo para que mi nombre fuera pronunciado por tus labios. Dime: ¿de qué necesitas? ¿Cuál es tu sufrimiento?

—Tengo una desbordante pasión y no sé por qué ni para quién —le digo—. Mi marido ya no me quiere y yo me quedo a solas. ¿Por qué esta pasión? ¿A quién va dirigida? —insisto.

—¿Cómo?, ¿no sabes el origen de esta nueva pasión erótica? —me pregunta la diosa.

—No, no sé —contesto—. Nadie está cerca de mí, nadie parece interesado en mí, ni esclavo ni cretense libre.

—Aparte de tu marido, de tus hijos y de tus fieles esclavos, ¿con quién pasas más tiempo durante estos días? —pregunta con dulzura Afrodita.

—Con nadie más que un animal —digo yo.

—He aquí el objeto de tu nueva pasión erótica —declara resuelta la diosa.

—¿El toro es mi nuevo amante? —pregunto confundida—. Es algo innatural e inmoral. Luego no es posible que un ser humano quiera sexualmente a un animal.

—Tú ya mostraste un gran amor por el toro blanco —declara la diosa.

—¿Cómo y cuándo? —pregunto.

—Cuando no quisiste que fuera sacrificado y has convencido a tu esposo de tenerlo cuidado en una granja protegida, donde cada día tú vas para mirarlo y amarlo.

—De verdad actúo así contra mi voluntad y mi razón —preciso yo.

—Tienes que dejarte llevar —me dice—, tienes que seguir tu instinto, ese que te habla desde lo más profundo de tu corazón. Las pasiones amorosas deben vivirse al máximo y el amor va más allá de cualquier regla o hipocresía.

—¿Me estás diciendo que este regreso explosivo de mi deseo sexual es… por el toro? ¿Que estoy encantada por él y que estoy lista para entregarle todo mi amor?

—Sí, es exactamente así —dice la diosa—. No debes preocuparte por lo que los demás dirán ni por sus juicios. Amar es algo divino. Y también lo es amar a un animal. Nuestro instinto sexual y amoroso nos guía hacia la felicidad, tanto con los semejantes como con los diferentes a nosotros. Yo te revelo qué te atrajo del toro: su fuerza, su vitalidad, lo que nunca encontraste en tu vida amorosa. Tú, siendo mujer, deseas cariño y exaltación, el fuego de las pasiones. En cambio, tu marido, después de embarazarte varias veces, se olvidó de ti y de tus deseos eróticos, haciendo de tu vida un vacío insoportable. Amar al toro es tu revancha. Con él podrás vivir emociones desconocidas, alcanzar cumbres de placer inigualable. Tu orgasmo será infinito, como nunca lo fue con un humano. Y todo eso por el amor hacia un animal, hacia tu toro blanco, aquel que salvaste del sacrificio sangriento.

—Lo que me dices me anima, me ayuda —digo ya más tranquila, dirigiéndome a la diosa—. Me haces ver con claridad lo que sentía sin comprender. Me haces dar un nombre a mi pasión, a un deseo que para mí estaba prohibido, escondido en lo más profundo de mi inconsciente. El toro. Yo amo al toro. Con toda mi pasión sexual. Lo confieso como quien descarga por fin una culpa que pesaba sobre su conciencia.

Pasífae se acuesta desnuda en la cama fría y observa su cuerpo, sacudido por espasmos de deseo.

A la luz del amanecer, sus pensamientos corren hacia la posibilidad de hacer realidad su anhelo: ¿cómo amar al toro? Hay un salto de especie. Si el deseo, como fuerza amorosa, no conoce límites respecto al objeto amado, la realidad impone barreras e impedimentos.

No es bastante que yo mire cada día al toro, no es bastante que mis brazos rodeen su cuello, no es bastante que le bese su cabeza y sus cuernos: lo deseo con el cuerpo, todo su incontenible cuerpo. Todavía, ¿cómo hacer?

La naturaleza no contempló un apareamiento entre especies diferentes. He visto más y más veces cómo el toro monta a la vaca, he visto su pasión, su total entrega. ¿Cómo puedo sustituirme a la vaca?

Tengo que renunciar a esta locura de amor. Me quedaré a mirar al toro, favoreceré mi excitación sexual o bien regresaré a mi vacío erótico. ¡Lo que no es vida!

—No debes rendirte tan fácilmente —me señala Afrodita.

—¿Cómo puedo aparearme con el toro si la naturaleza no lo permite? —pregunto—. Yo quiero entregarme al toro, me gustaría acoger su semilla, con su órgano sexual en mí. Creo que solo así podría alcanzar la cumbre del placer, con orgasmo explosivo, como tú me dijiste.

—Los humanos —me explica la diosa— tienen la capacidad de adaptar a sus exigencias los elementos naturales, a través de técnicas y artificios que hacen posible lo imposible. Solo hay que quererlo.

La diosa me hace vislumbrar un rayo de esperanza.

—¿Pero cómo? —pregunto—. ¿Quién puede ayudarme para encontrar una solución en un asunto tan difícil? Ojalá pudiera decirlo a mi marido Minos. Pero él no lo permitiría jamás. Mi amor hacia el toro está juzgado por él pura locura. En la isla de Creta ya no queda nadie que pueda ocuparse de este oficio de amor innatural.

Vuelve mi desesperación. ¿No sé qué hacer?

—Hay un hombre que podría ser adecuado para una solución —estalla segura Afrodita.

—¿Y quién es este hombre que podría ayudarme a hacer posible que el toro me tome y, dentro de mí, me entregue su vida, su potencia, su vigor?

—Se llama Dédalo, es un hombre genial —me dice Afrodita—, y estoy convencida de que su corazón late por ti. Además, goza de la confianza de Minos, quien lo acogió como refugiado cuando huía de Atenas para evitar un juicio penal.

—¿Qué podría hacer por mí? —pregunto.

—Encontrar una solución técnica para permitir al toro entrar en ti —dice la diosa en tono sencillo—. Tienes que organizar una cita con él y explicarle el gran deseo tuyo de ser poseída por el toro.

—Ojalá fuera así… —digo yo.

La reina Pasífae, a través de un esclavo de confianza, envía un mensaje a Dédalo para una reunión privada lo antes posible, en la granja donde está custodiado el toro blanco, con el fin de hablarle de asuntos muy importantes.

Cuando una mañana Dédalo llega al lugar indicado para la cita, se encuentra ante un espectáculo asombroso.

A lo largo de un recinto creado en el interior del establo, la reina acompaña al toro y, de vez en cuando, se detiene y aventura algunas caricias que el animal agradece, casi como queriendo corresponder al amor que le demuestra.

Dédalo llama la atención de Pasífae, que se aparta del toro y se acerca a él, acalorada y excitada.

—Dime, mi reina, ¿es verdadero amor el sentimiento que sientes por el animal? —pregunta de repente el hombre al tenerla delante, sin saludos ni otras formalidades.

Al principio la reina se sorprende por la pregunta, pero responde sin dudar inmediatamente.

—Si no fuera verdadera pasión erótica, nunca habría comprometido mi reputación ni ante mi marido ni ante el pueblo de Creta.

—¿Por qué me has invitado a esta reunión privada con gran discreción?

Pasífae es directa y sin rodeos de palabras:

—Yo deseo al toro, su sexualidad masculina, su explosión erótica que mi marido hace mucho tiempo me negó.

—¿Y qué quieres que haga para ti?

—La diosa Afrodita me indicó tu nombre para que me permitieras satisfacer este deseo sexual muy urgente.

—¿Y cómo?

—Tú lo sabes, eres muy genial y, además, eres hombre fiel.

—¿Quieres tener con el animal una relación sexual como la entre los humanos?

La reina se muestra determinada.

—Las relaciones sexuales humanas son difíciles con un animal, pero yo, como humana, podría adaptarme a las del ganado vacuno.

Dédalo guarda silencio durante unos instantes. Su mirada va primero hacia el toro blanco, luego hacia la mujer. Es como si estuviera evaluando técnicamente la posibilidad de una unión entre los dos amantes. De repente exclama:

—Mi reina, tengo la solución para que tú puedas realizar tu sueño de amor.

—¿Cómo? —estalla en lágrimas Pasífae—. Amo sexualmente al toro y no me avergüenzo. Cualquier solución que me permita acoger en mi cuerpo la fortaleza taurina está bien para mí.

—Debemos encontrar —dice Dédalo, pensativo— un sistema que haga posible que un bovino se aparee con una hembra humana.

Tras un largo silencio, añade con firmeza:

—En primer lugar, necesitamos tiempo. Debo proyectar una estructura que nos permita lograr lo que la diversidad entre las especies impide. Tengo que actuar de modo que tú, mi reina, puedas recibir el miembro y el esperma del toro, como ocurre en el coito natural entre animales bovinos. Porque el coito humano parece más complejo que el de otros animales, seguiremos la práctica del ganado vacuno. Usaremos una estratagema que tal vez engañe al toro, pero que en realidad le permitirá lo que más desea. El toro cubre a la vaca cuando ella está en celo y la toma por detrás para penetrar con su miembro la vagina bovina. Entonces, la estratagema será hacerle encontrar, no con el órgano de la vaca, sino con tu vagina, que será tocada con cariño por la penetración taurina. En ese momento, si sientes placer con absoluta dulzura, puedes decidir si quieres empujar tu vulva contra el pene del animal. La duración del coito dependerá de ti y de tu movimiento de aproximación y retirada. El toro, según su naturaleza, liberará su semilla en cantidades muy diferentes a las que libera un humano.

Pasífae, que ha escuchado con particular atención la descripción del coito taurino, pregunta:

—¿Cómo puedo acercarme sin peligro al órgano taurino? Y luego, ¿hay la certidumbre de que el toro está dispuesto a liberar su semilla?

—Construiré —explica con detalles Dédalo— una vaca de madera sólida, pero flexible. La recubriré con la piel más fina de una vaca real y la impregnaré con el fluido del celo de una hembra disponible. El órgano sexual de la vaca será reproducido con dimensiones reales. En su interior crearé una cavidad acolchada con telas suaves, protegida y confortable. Además, incluiré una estructura de soporte para que puedas colocarte dentro sin esfuerzo, en una posición cómoda y sin dolor. Te introducirás doblando el cuerpo de forma que tu vulva quede alineada con la abertura diseñada para recibir al toro. Así, cuando el animal te penetre, sentirás placer sin que haya violencia. Todo dependerá de ti: podrás decidir cuánto acercarte, cómo moverte, cuánto durar. Ese será el momento de tu orgasmo, disfrutando tu posición encogida, como también ocurre en las variadas relaciones sexuales entre los humanos, mientras el toro te amará manteniendo su acostumbrada posición.

Pasífae se levanta de golpe y abraza a Dédalo.

—¡Perfecto, mi benefactor!

—¿Entonces, apruebas mi proyecto? —pregunta él.

—No solo lo apruebo —responde ella con fervor—, estoy ansiosa por su realización.

—Tranquila —dice Dédalo con tono serio—. Necesitaré tiempo para construir el simulacro. A partir de ahora, ambos debemos guardar absoluto silencio sobre este proyecto. Nadie debe saber nada —añade con firmeza— hasta que se haya llevado a cabo tu apareamiento con el toro.

—Te pregunto: ¿puedo quedar embarazada por tener relaciones sexuales con el animal?

—No sé, creo que no —responde con incertidumbre el hombre—. Las especies diferentes, apareándose, difícilmente pueden procrear. Sin embargo, en la realidad de la naturaleza hay a menudo sorpresas.

—Si por el amor con el toro debiera nacer un hijo, animal o humano, para mí sería siempre un hijo bienvenido y amado —declara con franqueza la reina.

—Ya veremos, por ahora centrémonos en el placer que sentirás. ¡Así es la vida! Cuando en unas semanas todo esté listo, te haré llamar por el vaquero fiel y tú volverás aquí, a este lugar protegido y precisamente a este establo donde realizaremos la relación sexual con el toro blanco.

—¿Cómo me comporto con mi esposo Minos? ¿Tengo que decirle todo o callo la verdad?

—En mi opinión —sugiere Dédalo—, por el momento es oportuno que él no sepa nada. Tras el acontecimiento sexual con el animal le podrías confesarlo todo, cuando ya no pueda impedirlo.

Un beso de Pasífae en los labios del hombre cierra la conversación y todo queda pospuesto a la siguiente cita, cuando el simulacro de amor estará listo.

¿Por qué debería avergonzarme por el deseo sexual hacia el toro blanco? Estoy profundamente enamorada de él. Lo siento en lo más profundo de mí. Todo mi ser vibra al pensar que dentro de poco seré tomada por él.

¿Por qué debería considerarse inmoral este amor sincero mío? ¿Por qué creer que existan barreras entre los seres vivientes? Todos pertenecemos a la vida y esto es suficiente para que mi acto sexual con el animal sea legítimo. Él me dará, a través de este nuestro apareamiento, su fuerza vital. Dentro de mí, esta fuerza será un verdadero himno a la vida.

—Estos pensamientos son importantes —me dice Afrodita—. Tienes que estar muy convencida por lo que después ocurrirá. Minos estará en contra de ti, tus hijos te criticarán. Y si por la relación sexual tú quedaras embarazada, tendrás muchas otras dificultades por el nacimiento de un hijo, fruto de la semilla animal, la semilla del toro. Todos te dirán que será un ser híbrido, mitad hombre, mitad toro.

—Lo que no me da miedo —digo convencida—. Ahora mi deseo llega a las estrellas. Lo que sigue no me importa. Yo estoy entregada a mi amor, sin dudas y sin temores. Aun si soy recordada en la historia como la mujer que tuvo una relación sexual con un animal, lo aceptaré, porque tengo tu apoyo, diosa Afrodita.

—Bien —me dice la diosa—. Pero tengo que darte otra comunicación muy importante —añade—, con respecto al hombre que te permite realizar tu deseo sexual.

—¿Te refieres a Dédalo? —pregunto.

—Sí —afirma Afrodita—. Es un hombre de fiar. Te confieso por qué está dispuesto a ayudarte. ¡Por amor!

—Cierto, por mi amor hacia el toro —digo.

—Este es tu amor; en cambio, su amor, su pasión sexual… eres tú.

—No entiendo —digo—. ¿Cómo su amor por mí? —pregunto.

—Él, tan pronto como llegó a Creta —me explica la diosa—, y fue acogido como refugiado en el exilio por Minos, al verte quedó preso de una fuerte pasión por ti. Pero no hizo nada para galantearte, porque siempre quiso ser respetuoso con las reglas de la hospitalidad. Nunca quiso traicionar la confianza que Minos había depositado en él.

—Nunca percibí este sentimiento sexual de Dédalo por mí —aseguro yo—. Ni siquiera cuando proyectamos mi coito con el toro.

—Dédalo es un hombre coherente y merece tu amor sexual —declara Afrodita.

—¿Mi amor sexual? ¿Cómo es eso posible? —grito—. ¡Ahora yo amo al toro y deseo que su potencia sexual entre en mí!

—No, ahora no —precisa la diosa—, pero después del acto sexual con el toro te dejarás llevar en sus brazos. Así, tras la gran acción sexual con el animal, también acogerás el amor de Dédalo, a pesar de otros amores que él cultiva.

—¿Y mi esposo Minos? ¿Qué diría? —pregunto.

—No sabrá jamás de tu amor por Dédalo —responde Afrodita—. En cambio, protestará por tu apareamiento con el toro. Esa relación será manifiesta, visible, comentada y juzgada por todos. Diferente será tu relación con Dédalo: discreta, secreta, ignorada por los demás y por la historia.

La construcción del simulacro que contendrá a Pasífae se basa en un proyecto teórico elaborado en papiro por Dédalo en su taller, con una rapidez que incluso a él mismo le resulta sorprendente. Tras definir el modelo hipotético para el montaje, consigue reunir el material adecuado. Luego ordena que sea transportado por un esclavo de confianza hasta el establo, donde tendrá lugar el apareamiento entre el toro y la vaca falsa.

Cuando todas las circunstancias resultan favorables, especialmente las relacionadas con el celo de algunas vacas en el establo, Dédalo decide actuar. Envía entonces a una sirvienta de confianza para informar a Pasífae de que, al amanecer, podrá dirigirse al establo. Allí la espera él, junto a la vaca falsa, cuidadosamente preparada y empapada con el olor del celo, que emana desde todos sus rincones.

Al entrar en el establo, la mirada de Pasífae va directa al toro, que apenas está retenido por el vaquero. Más allá, en el centro del lugar, está el simulacro de la vaca, que no parece en absoluto una vaca falsa, y a su lado se encuentra Dédalo, que sostiene una pequeña escalera, con la que permitirá a la reina subir a su cavidad.

—Es extraordinario este simulacro —declara entusiasta la reina—. Habría dicho un animal en carne y hueso. Sin embargo, ¿podré quedarme dentro? —pregunta con incertidumbre.

—Por supuesto, y con perfección —responde con decisión Dédalo—. Deberás entrar desnuda y disponerte así como te hago ver en la traza del proyecto —añade, mostrando un papiro con varios paneles, una secuencia perfecta de identificación de Pasífae dentro del simulacro—. Ahora mismo sube al interior de la vaca y, cuando te inclines hacia adelante, tu cuerpo tomará la forma que he preparado de la vaca falsa; su sexo será el tuyo. Los momentos del coito taurino no son particularmente largos. Después de unos golpes podrás satisfacer tu inmenso deseo de placer. Cuando todo se acabe, bajarás a mis brazos, mientras el toro será alejado. Volveremos en un segundo momento con nuestro amigo animal para abrazarlo y despedirnos.

Pasífae, de inmediato, se libera de su ligera túnica y, desnuda, sube al simulacro por la escalera con ayuda de Dédalo.

Alcanza el interior de la vaca y se pone encogida en la posición de amor para el toro.

¿Qué es para la mujer una relación sexual? ¿Qué es su consentimiento a esta relación sexual?

¿Tal vez Minos me pidió nunca mi consentimiento por su asalto sexual?

Cada vez el suyo era un rapto, una violación. Me tomaba siempre con el mismo sistema, que era el del atropello: un coito rápido, sin cariño ni mimos. Su deseo no fue el sexual erótico; su deseo fue siempre que yo quedara embarazada. El sexo, para él, debía ser siempre útil para procrear críos, sobre todo varones. Para él mi placer no tenía ninguna importancia. Ahora estoy en una nueva posición por amor. Minos nunca me pidió nuevas posiciones durante el coito. Con el toro ahora es diferente. Gracias al animal logro una gran exaltación erótica. El amor tiene que ser alegría y felicidad. Con Minos se volvió aburrimiento, tedio, hasta el punto de alejarme. Ahora es diferente. Con el animal me vuelve el placer, el eros es siempre novedad. No tengo miedo; esta posición me excita mucho. Estoy esperando el golpe de mi amante. Tomaré toda su energía. No, no creo que esté a punto de cometer un acto antinatural; estoy lista para ejercer mi derecho a disfrutar del placer en mi acto sexual.

—Todos estos tuyos pensamientos son correctos —me confiesa Afrodita—, y me informa de que estará conmigo en estos ratos de mi vida. Este es un acto de amor revolucionario —me dice—. Es la afirmación de que las mujeres tienen derecho al placer sexual, incluso más que los varones. Las mujeres no son máquinas destinadas a la reproducción de la especie. Tu ejemplo quedará en la historia no como un acto contra natura, sino como un símbolo de la dignidad femenina, del derecho a la autonomía y a la libertad en las relaciones sexuales y en todos los aspectos de la vida social.

El toro se acerca con gran vehemencia a la vaca, de la que está atraído por su celo. Toma posición de ataque y, subiendo por detrás al simulacro, asesta el primer golpe. Pasífae advierte el choque. La mujer, dentro de la cavidad, trata de mantener su posición. El toro persiste en el asalto y se eleva aún más para asestar un golpe todavía más fuerte. El choque sacude la muca de madera. Pasífae es zarandeada por el rebote; sin embargo, se queda a la espera del miembro del animal. En ese momento, Dédalo oye el primer gemido de Pasífae, nacido del contacto entre su deseo y la potencia del animal. El gemido se repite, acompasado con los embates del toro, mientras el simulacro tiembla bajo su fuerza. Pasífae, oculta en su interior, mueve las caderas para acogerlo, como si quisiera prolongar el instante, sellar con su cuerpo esa unión imposible. La espera, tensa, interminable, se diluye finalmente cuando una oleada cálida le anuncia el cumplimiento del acto.

Apenas el toro ha sido apartado de la vaca y cerrado en el recinto fuera del establo, Dédalo ayuda a la reina a bajar del simulacro y ella, aún aturdida y maltrecha, nada más bajar, envuelve con sus brazos el cuello del hombre, susurrándole al oído:

—Gracias por esta felicidad que me has permitido alcanzar; estaré eternamente agradecida contigo y te amaré por el resto de mi vida.

—Esta expresión de amor para mí —confiesa Dédalo—
me asombra y me hace feliz. Es verdad —continúa—: apenas
puse los pies en Cnosos, fugitivo de Atenas, y te vi junto a
Minos, me tomó una gran pasión de amor por tu belleza y tu
divina presencia, pero en seguida reprimí esos sentimientos
por las reglas que un huésped debe cumplir.

—Ahora nuestro amor es manifiesto —declara Pasífae—.
Gracias al toro he encontrado el placer y tu cariño. El animal
está dentro de mí, y tú me acompañarás en este nuevo recorrido sentimental de mi corazón, entregándome pasión y eros
en un abrazo sin fin.

—Sin embargo —confiesa el hombre—, esta relación
de amor nuestra deberá permanecer oculta. Nadie debe
sospechar nada. Mis actos sexuales contigo pertenecen solo
a nosotros, y en eso radicará nuestra verdadera felicidad, una
dicha que ni siquiera la historia del porvenir llegará a conocer. Al contrario, la fama de tu acto de amor con el animal
y de mi ayuda para hacerlo posible mediante la vaca falsa se
difundirá. Será testimonio de que el amor no tiene fronteras
y de cómo la diosa Afrodita nos guía por los senderos más
ocultos del inconsciente.

—Por supuesto —añade Pasífae—, Afrodita me guio también por el camino hacia ti.

La reina no dice una palabra más y se abandona en los
brazos de su nuevo amante. Dédalo la recuesta suavemente
sobre un fardo de heno, improvisando una cama, y abraza los
miembros ya turbados de la mujer, que empieza a gozar del
inesperado calor humano.

Dos amores muy diferentes. El amor animal fue más explosivo, estallé por el placer; para mí fue un orgasmo insuperable. Afrodita estuvo a mi lado. Lo que me ha dado el toro será un goce perenne en mi inconsciente. ¿Tal vez buscaré esas mismas sensaciones con cada acto sexual con un humano?

Creo que será así. Lo que alcancé con el toro desearé que se repita, aun sabiendo que será un esfuerzo inútil. Porque el eros del animal es superior al del ser humano. En las relaciones sexuales con los seres humanos no es posible sentir la misma emoción que experimenté con el toro. En mi relación con Dédalo intento entregarme por completo, pero en vano. Por eso la nostalgia del toro es abrumadora.

—No debes hacer esas comparaciones —me dice Afrodita—. A ti se te ha concedido algo único e irrepetible. Tu ejemplo invita a regresar a la naturaleza, al instinto, a todo lo que habita en nuestro inconsciente. Solo así se puede alcanzar lo excelso. Los humanos, en cambio, se conforman con placeres de bajo nivel, vulgares y banales. No se comprometen a alcanzar la belleza en el placer. Acumulan mentiras construidas sobre una moralidad formal, una tras otra, y el instinto animal queda completamente descuidado, cuando no directamente suprimido. Yo, en cambio —confieso a la diosa—, quisiera conservar la condición animal de mi deseo durante todo el futuro de mi vida sexual.

—Todo lo que guardas en tu inconsciente —precisa Afrodita— te pertenece, y nadie podrá jamás quitártelo.

Estoy delante del rey de Creta, Minos, mi esposo. Le sube a él la sangre a la cabeza. Alguien le habrá dicho de mi coito con el toro y de lo que construyó Dédalo para realizar mi apareamiento con el animal. Me hizo llamar y estamos encerrados en una habitación aislada, solo nosotros dos.

No me siento intimidada y le diré que mi enamoramiento por el animal fue provocado porque él me olvidó sexualmente. Le diré también que el toro me dio lo que él me había quitado. Además, le diré que el toro me dio un placer más que él me dio para engendrar los hijos. Le diré también que él nunca se puso a pensar si yo, en nuestras relaciones sexuales, sentía placer y gozo. Quedé muchas veces embarazada y mi recuerdo solo está ligado al sufrimiento del parto. Pero esta vez, si el placer de la relación sexual con el animal me hace parir a un hijo, estaré muy feliz del nuevo parto. No sufriré y me alegraré por un crío fruto de sublime gozo.

—Es una vergüenza —grita Minos apenas viendo a Pasífae—. ¿Cómo es posible que la esposa del rey de Creta se una sexualmente con un animal, con un toro impetuoso, además ayudada para actuar esa locura por un fugitivo ateniense acogido a mi reino como huésped?

—Estoy serena por lo que me ha ocurrido —declara con tranquilidad la reina—. En primer lugar, yo tengo derecho a mi felicidad sexual y, en segundo lugar, tu huésped Dédalo no te ha traicionado, porque su acto fue de ayuda para la reina de Creta, tu esposa.

—Son aberraciones las que me estás diciendo —sigue gritando Minos—. ¿Dónde están las reglas de la decencia? ¡Aparearse con un animal! Es algo inaceptable. Tu comportamiento es propio del animal. Me han dicho que nada menos has entrado en una vaca falsa de madera, identificándote con ella y dándole vida, y has permitido al toro copular contigo. ¡Absurdo, absurdo!

—No podrás nunca comprender mis comportamientos. Y los animales, que a menudo despreciamos o descuartizamos por ritos sangrientos en honor a los dioses, son mejores que los humanos, que son brutales y faltos de sensibilidad. El toro me ha amado con su instinto natural, con toda su pasión, sin prejuicios ni hipócritas formalidades.

—No puedo escucharte más. ¡Basta ya! El acontecimiento ha salido a la luz y es conocido por todos los cretenses. En poco tiempo, la mala fama de tu amor con un animal se difundirá entre los navegantes del mar griego y a nosotros, los cretenses, se nos considerará un pueblo vergonzoso. Todos querrán evitarnos, causando graves daños a nuestra economía marítima. Tengo ahora que actuar con prudencia. En primer lugar, debe ser claro que yo no entro en esta historia, que es solo fruto de una locura tuya y de Dédalo, quien traicionó mi confianza depositada en él. En segundo lugar, debo mostrar que tomo medidas considerables hacia quien ha sido mi esposa y me ha dado seis hijos. Su locura sexual debe ser castigada y su castigo será quitarle la libertad. Estoy pensando hacer construir, por Dédalo, un lugar donde colocarte apartada de todos…

—¿También de mis hijos? —interrumpe Pasífae.

—¡Sí, también! Estarás solo con el hijo al que parirás si has quedado embarazada por haber tenido la relación con el toro. Si será así, si la semilla del animal ha entrado en ti, en tu cuerpo, por supuesto nacerá un ser híbrido, un monstruo que será horrible de ver, mitad hombre, mitad toro.

—No —estalla Pasífae—, nunca pariré a un monstruo, porque mi acto sexual con el animal fue algo maravilloso. Y la belleza solo puede engendrar belleza.

Esta soledad me cuesta mucho. Mi esposo, irritado, me ha concedido solo un breve tiempo para estar con los hijos. Según él, no soy una buena madre, sino un ejemplo negativo para todos, sobre todo para las hijas: para la mayor, que quiere comprender lo que pasó, y para la pequeña Fedra, que no se aparta nunca de su hermana. Los hijos varones me ignoran o, peor aún, me desprecian, adoptando la actitud de su padre. Estoy a solas, excepto por la amistad de la diosa Afrodita y las arriesgadas apariciones de Dédalo durante la noche, desafiando el riguroso control establecido en torno a mi alojamiento en el palacio de Cnosos. No me arrepiento.

A pesar de todas las restricciones, me confío a Afrodita, la diosa que me consuela.

—Tienes un amor muy importante —me dice ella—. El amor de Dédalo te ayudará durante estos momentos difíciles. Pero —digo yo— mi pensamiento corre siempre hacia el animal. Quisiera verlo, abrazarlo. Me está impedido… ¡Lo que sentí por él será para siempre! Cada experiencia de amor se envuelve en nostalgia —me explica Afrodita—, pero llena nuestro corazón. Y, con los años, el recuerdo se convierte en alivio.

3

Lugar sin salida

Minos y Dédalo se encuentran frente a frente en la sala del trono, sin ningún tipo de formalidad. Minos está visiblemente molesto y su voz traiciona una fuerte emoción que apenas logra contener.

—¿Cómo es posible que tú, arquitecto y hombre de cultura, te hayas prestado a realizar lo que la naturaleza impide? El apareamiento de un toro con mi esposa es algo abominable. Convertiste a mi mujer en una vaca al construir un simulacro, para que el toro, engañado, pudiera montarla y su miembro animal la penetrara vergonzosamente... ¡Es intolerable! Los dioses me castigarán por esta abominación cometida por ti y por mi esposa.

—Pensé —se justifica Dédalo— que un deseo de la reina debía cumplirse, aunque fuera escabroso. ¿No están los reyes cretenses por encima de las reglas mezquinas que solo conciernen al pueblo llano?

—¡Es absurdo lo que tú estás diciendo! A mi esposa le has permitido un acto que pertenece a los animales y no a los humanos.

—La barrera entre el mundo humano y el mundo animal —declara sin incertidumbre Dédalo— es tan delgada que en muchos aspectos son iguales, como sucede con el instinto sexual.

—Terminemos aquí. El hecho es que mi esposa podría estar embarazada de un monstruo, un ser mitad toro y mitad hombre. Ahora tu tarea es ayudarme para tomar medidas convenientes para hacer frente a la situación que se presentará con el nacimiento de este monstruo.

—¿Qué puedo hacer yo, que soy solo un arquitecto y hombre de estudio?

—¿Te recuerdas que hablamos de un proyecto arquitectónico que debíamos realizar aquí en Cnosos, relacionado con el palacio real, y que habría sido el icono mismo de la cultura y la civilización cretense?

—Sí, Minos —responde Dédalo, algo más tranquilo—. Me sentí halagado por tu propuesta y, por eso, me puse de inmediato a trabajar en el proyecto, que he terminado hace poco. Di a ese edificio el nombre de Laberinto en tu honor y por tu poder, y está caracterizado por la imposibilidad de salir una vez que se ha entrado en sus habitaciones. Veo ese lugar sin salida como un símbolo de nuestra vida cotidiana, hecha de intrigas y caminos mentales inextricables.

—¡Como fue el de Pasífae! —anota el rey.

—Sí, de hecho, nuestra vida está llena de misterios —remarca Dédalo—. Por eso necesitamos ponderación y moderación.

—Mi ponderación ahora mismo me sugiere que yo tenga construido lo más pronto posible ese edificio y que se pueda habitar definitivamente.

—¿Por quién? —pregunta Dédalo, inquieto.

—¡Por la reina Pasífae y su hijo monstruo!

—¿Por qué quieres encerrar a tu esposa en el Laberinto?

—No solo a mi esposa —responde Minos—, también al hijo que nacerá: un monstruo, mitad hombre y mitad toro. Puedo ya imaginarlo: con cabeza de toro y cuerpo humano. Pero lo más violento será su mente, su cerebro animal. Ese es, con certeza, el efecto del coito oprobioso entre mi mujer y el ardiente toro.

—A ciencia cierta, no se puede asegurar que sea posible una fertilidad entre especies diferentes. Además, nadie puede afirmar con certeza que la reina dará a luz a un monstruo.

—No puedo correr riesgos —remacha Minos—, no puedo encontrarme manejando a un monstruo en libertad. Perdería toda autoridad y estaría amenazado por potencias extranjeras. Por eso, basta ya, te pido, o mejor, te ordeno realizar el Laberinto lo antes posible. Te entrego cuantos trabajadores ocurran para apresurar la construcción, que de todas maneras debe ser habitable antes de que nazca el monstruo. Si no, pagarás con tu vida.

La amenaza final del rey molesta al arquitecto, que prefiere no contestar nada y guardar silencio.

—Las citas nocturnas de Dédalo son menos frecuentes. Ahora tengo un cargo muy importante por Minos, me dice Dédalo. He empezado la construcción de un edificio muy complejo, el que tú habitarás apenas lo terminaré, me informa.

»Un edificio todo para mí, digo yo. ¿Y por qué? ¿No puedo estar en una habitación aislada del palacio real como la que ocupo ahora?

»Estoy trastornada. Es por tu hijo, cuando nazca, me dice Dédalo. ¿Qué tiene mi hijo, si nacerá, para no estar libre como todos mis otros hijos?

»Tu esposo está convencido de que tu hijo será un monstruo, me dice Dédalo. Cualquier ser que nazca, si nace, es mi hijo y yo lo protegeré.

»El Laberinto, me informa Dédalo, deberá ocultar al ser híbrido que nacerá. Nadie podrá verlo. El rey Minos quiere contener el escándalo.

»Este edificio, añade para tranquilizarme, tendrá, además de pasillos y caminos sin salida, que lo caracterizan como lugar sin escape, un gran rincón especialmente diseñado. Allí construiré, como verdadera obra de arte, un espacio que facilite tu estancia y la de tu hijo, que crecerá su vida en el interior del Laberinto. Será una habitación majestuosa y confortable. Nadie lo sabrá; creerán en una cárcel, porque así lo quiere Minos. Solo yo podré venir para encontrarte. Contigo estará un séquito de sirvientes, que no deberá nunca dejar el edificio.

»¿Cuál es mi culpa para ser tan castigada yo y tal vez también un niño inocente?

»¿Y por qué debo dejar, por el recién nacido, a todos los demás hijos? ¿Por qué? Grito. Minos, mi marido, es demasiado severo. Muchos, subraya Dédalo, alaban su capacidad para gobernar la isla de Creta y favorecer el comercio marítimo. Sin embargo, sigue siendo un tirano. Estoy convencido, continúa Dédalo, de que, una vez terminada la construcción del Laberinto, me castigará por lo que él considera una traición: haber permitido tu apareamiento con el animal. ¡Y eso que no sabe nada de nuestra relación sexual! Para él eso sería aún más grave que tu coito con el toro.

»Cada vez que Dédalo se marcha de mi lado, me consuela tener por compañía a la diosa Afrodita.

—Mi tarea está a punto de terminar —me dice esta vez, por sorpresa, la diosa—. Te anuncio que, en poco tiempo, te darás cuenta de que estás embarazada. Desde ese mismo momento mi rol se desvanece. Tendrás que dirigirte a otras diosas, sobre todo a la hermana y esposa de Zeus: la diosa Hera.

—Lo que yo no quiero es alejarme de ti. Te quiero siempre, porque tú eres la verdad de la vida, y solo tú das sentido a lo divino en la existencia. Todo lo demás no es más que costumbre y rito vacío. Los dioses… son mentirosos y vengativos.

Pasífae se da cuenta de que está embarazada. El malestar, que la atormenta desde hace varios días, le anuncia con certeza que una nueva vida está creciendo en su interior. Llama a su sirvienta más fiel y le pide que comunique la noticia a Minos.

Por ahora, permanece aislada en su habitación, a la espera de las decisiones del rey. Pero deja en claro una cosa: nunca jamás renunciará al hijo que se está formando en su vientre. Minos está conmocionado hasta la médula. Aunque siempre tuvo claro que esta concepción, un hijo animal, sería el castigo de los dioses, ahora que la realidad se acerca, lamenta no haber hecho lo suficiente para prevenirla. Sin embargo, no puede hacer otra cosa que aceptar a ese hijo de su esposa, como cumplimiento de la voluntad divina.

—¿Continúan los trabajos en el Laberinto? —pregunta Minos a Dédalo, llamado con urgencia al palacio real—. Mi esposa está embarazada; no me gustaría que diera a luz al monstruo en las habitaciones de nuestro palacio.

—No te preocupes, Minos. El Laberinto será habitable antes del parto de la reina. ¿Tú querrías asistir al nacimiento del niño?

—¿Quieres decir del monstruo? ¡No! —contesta de manera rotunda el rey de Creta—. ¿Le das el nombre de tu padre?

—Porque lo acepto como hijo de mi mujer, prefiero llamarlo Minotauro, subrayando así su verdadera naturaleza: un animal que me pertenece. Pero como toro, terrible y violento, será horrible de ver… si alguien alguna vez cruza su mirada.

—¿Cuál es la misión de una mujer? ¿Estar embarazada y parir una cría?

Nuestra función es, entonces, solo instrumental. Yo quiero, en cambio, el derecho autónomo al placer. Y también el parto debe ser un derecho, nacido del placer de una nueva vida, no una obligación. No quiero una tarea impuesta porque soy mujer. No quiero ser madre solo porque soy mujer. ¡Basta ya! Ahora todos esperan que yo pare un ser híbrido, un monstruo mitad hombre, mitad toro. Cada nacimiento es azar; la incertidumbre es dueña. Siempre. ¿Qué es la maternidad?

¿Algo biológico?

El fundamento de la maternidad debe ser el amor. La mujer ama a la nueva vida que lleva dentro. Por eso, para mí debe ser Afrodita y no Hera quien siga teniendo su tarea. Hera nos trae la regla, la tradición, el deber, no el placer ni la alegría sexual. La concepción y el embarazo van juntos. Es Afrodita quien tiene que estar conmigo, no Hera. Hera ve todo en esquema asfixiante. No da aliento. La gestación del nuevo ser que llevo en mi vientre no está separada del momento en que alcancé mi orgasmo sublime con el toro. La nueva vida que llevo en mi vientre, cualquiera que sea, será siempre la afirmación del derecho a la vida. Ninguno podrá decirme que mi hijo sea un monstruo, un ser híbrido, uno que deba ser discriminado. Mi hijo, aunque nacerá con perfiles diferentes a los humanos, tiene derecho a estar con otros niños y a vivir la vida como hijo de una reina.

¿Pero cómo podrá crecer junto con otros niños si estará encerrado conmigo en el Laberinto? Aunque la habitación en la que vivirá será hermosa, ¿qué clase de vida podría ser la suya si estará solo conmigo y con las sirvientas? Tal vez podría ver a Dédalo, pero nunca a Minos, mi esposo, ni a sus hermanos. Será una cárcel de por vida para él. Y yo, junto a él, expiaré mi culpa. ¿Pero cuál es mi culpa?

Llega el momento del parto. Dédalo ha mantenido su compromiso de entregar el edificio antes del parto. El Laberinto puede acoger, en un rincón enredado, sea la reina que la reducida hilera de sirvientas que estarán para siempre con ella para echarle una mano. Hay mucha agitación dentro y fuera del nuevo edificio. Los guardias de confianza controlan el acceso, pero solo Dédalo posee las llaves de entrada y salida. Por ello, él es el único que puede coordinar los movimientos dentro del Laberinto y el único autorizado a llevar al exterior cualquier información relacionada con el parto de la reina.

Lo que no se dice en voz alta es qué parte del cuerpo del recién nacido tendrá el aspecto del toro. Muchos susurran que será la cabeza: una cabeza taurina, con cuernos y una mirada llena de orgullo. El resto del cuerpo, en cambio, será humano. Ese es también el pensamiento de Minos.

Toda la isla de Creta sabe que la reina Pasífae está a punto de dar a luz al Minotauro, como ya todos llaman al nuevo hijo ilegítimo de Minos. La mayoría cree que el nacimiento del Minotauro será una desgracia para Creta y un castigo divino para los reyes, fruto de un amor innatural.

Pero también hay quienes piensan lo contrario: que este monstruo podría representar una oportunidad política para el poder de Minos. Cuanto más se representa el Minotauro como una criatura violenta, agresiva, casi un guerrero invencible por su fuerza animal sobrenatural, tanto más Creta podrá aterrorizar a los países cercanos e imponer sus tributos en el comercio y la navegación.

Ese análisis político, de hecho, pertenecía a Minos. Para él, la noticia del nacimiento del monstruo debía ser cuidadosamente controlada, de modo que surgieran y se difundieran, sobre todo, los aspectos aterradores de su nuevo hijo. Los gritos de gran asombro de las mujeres presentes en el parto asustan a la misma Pasífae, que inmediatamente pregunta:

—¿Cómo está mi pequeño? ¿Es todavía bello y amable?

—Es un niño hermoso, como nunca he visto nacer en todos mis años de experiencia como partera —responde una de las mujeres—. Mi reina, no es un monstruo. No lleva rastro alguno de toro en su espléndido cuerpecito.

La noticia del parto de la reina Pasífae, cerrada en el Laberinto, se difunde rápidamente. La pregunta del momento en toda la isla es: ¿cómo es el recién nacido? ¿Lleva las características del toro? Porque es cierto que sea un ser híbrido, por mitad toro y por otra mitad hombre. Quien pueda entregar informaciones exactas es Dédalo. Y Dédalo, sin demora, alcanza al rey Minos con el informe sobre el parto.

—¿Entonces el recién nacido —pregunta inmediatamente Minos, con mucha ansia y fuerte curiosidad— tiene rasgos de toro y en la cabeza se pueden ya ver las protuberancias que serán los cuernos?

—No —responde tranquilo Dédalo—. Hasta ahora, el recién nacido parece un niño normal, sin rastros del toro.

—No es posible lo que me estás diciendo. ¿Acaso no has visto bien?

—Repito, me parece un niño como otros. Tu esposa está bien y es muy feliz por el recién nacido, y quiere que lleve el nombre de tu padre, del abuelo Asterión.

—¡No! —grita Minos—. Su nombre será Minotauro, porque lleva los rastros del toro. La cabeza es la de toro, con los cuernos, y aunque tenga el cuerpo humano, su fuerza y su violencia son las del animal que fue su padre. Entonces mi esposa ha parido a un monstruo, que nadie deberá ver; el Laberinto es inaccesible y cada uno se hará la imagen espantosa del Minotauro. De él se tendrá solo miedo, y apenas alcanzará la edad mayor, se convertirá en el icono del poder imperial de Creta sobre los mares.

Pasando por alto las palabras inquietantes de Minos, Dédalo pregunta:

—Si no quieres ver al Minotauro, ¿por lo menos quieres ver a tu esposa?

—No, no quiero ver a mi hijo ilegítimo, tampoco a mi mujer.

Le pregunté a Dédalo si Minos vendría a ver a mi hijo. Me respondió que no vendrá. Que puedo estar tranquila porque la vida en el Laberinto será como la del palacio real. Mi vida y la del recién nacido tendrán todos los consuelos necesarios. Y así, sin juez, sin sentencia, me condenan a cadena perpetua. Nunca volveré a ver a mis hijos. Mi amor por el animal ha sido castigado con severidad.

—No es una condena la tuya —me dice Afrodita—. El amor no tiene nunca culpa, y nunca será castigado. Lo que suceda luego del amor es algo inesperado. Los comportamientos humanos se caracterizan por el miedo, por la venganza, por la sed de poder.

—No entiendo —digo yo— por qué Minos, que de todas maneras me amó y cuya semilla me hizo dar a luz a seis hijos, ahora me castiga de este modo, quitándome la libertad y la felicidad de disfrutar la alegría de un nuevo hijo.

—Lo que puedo hacer para ayudarte —me dice la diosa Afrodita— es que el amor de Dédalo no mengüe, ni mengüe su deseo sexual. Él desea tu cuerpo, y cuidará con mucho cariño a tu hijo, que es también su hijo. Sin embargo, debe proteger tanto tu seguridad como la del niño.

—¿Mi hijo cómo crecerá? Solo me tendrá a mí y a la vez a Dédalo. Las criadas son amables, pero son todas mujeres. Le faltará compañía de sus iguales. Crecerá como un salvaje. Pagará por un crimen que no cometió. Es algo cruel e injusto. Diosa Afrodita, no puedes abandonarme ahora mismo —protesto con padecimiento.

—Contigo está Dédalo —repite la diosa—. Podrá ayudarte y podrá, como arquitecto, enseñar muchas cosas al Minotauro. Este hijo crecerá con tu cariño, y será un varón bueno y sensible. Desgraciadamente son otros quienes siguen presentando al recién nacido como un monstruo. Nada menos Minos quiere que el Minotauro sea descrito como un antropófago.

No existe el tiempo en el Laberinto. No se desarrollará. Me digo a mí misma: los días seguirán uno tras otro. Veré a mi hijo hacerse adulto y yo envejecer. Él tendrá solo una vida física, biológica. Le faltará la interacción social con el mundo exterior. Le llegará apenas el eco, traído por Dédalo.

El Laberinto será manantial de muchísimos pensamientos, buenos y malos. Dentro del Laberinto, todo es posible. Dentro del Laberinto, la imaginación tiene voz.

4

El héroe que no cumple

sus promesas

—¿Por qué no puedo ver a mi madre y a mi nuevo hermano?

Ariadna está determinada a encontrar a Pasífae. Ha detenido a Dédalo en un momento en que él sale del Laberinto, como siempre, visiblemente alterado.

—Porque está prohibido por el rey, tu padre Minos —responde rápido Dédalo.

—Pero es mi madre, a la que quiero ver; es mi derecho de hija. Quiero también asegurarme de que esté bien.

—Por eso estoy yo. Y te digo que todo va bien. Tu madre no tiene enfermedad y su hijo, tu hermano, dicho Minotauro, crece sin problema y serenamente, cuidado por tu madre y por numerosas sirvientas. Yo mismo lo cuido en el aprendizaje del conocimiento.

—¿Mi hermano es o no un monstruo? ¿Es verdad que tiene la cabeza del toro?

—Estas son bolas —afirma categóricamente Dédalo.

—Pero mi padre me dice que el Minotauro es un monstruo violento y que, creciendo, llegará a ser antropófago. Será siempre más peligroso. Ya ahora está como un preso en una jaula. Mi madre lo teme y ninguno puede acercarse a él.

—¡No es así! —acosa Dédalo—. El Minotauro, que es el hijo de tu madre, es un niño normal, hermoso, y su cuerpo tiene todos los rasgos humanos.

—¿Y por qué mi padre difunde una mentira tan grave? —pregunta Ariadna.

—Creo que lo hace para justificar lo que él considera una relación sexual innatural, presentando el nacimiento de un hijo animal como castigo divino. Y también para sacar provecho político y reforzar su poder imperial. No admite ninguna otra posibilidad. Más de una vez he intentado convencerlo de que nació un bebé normal, hermoso, que solo quiere ser reconocido por él.

—Es una razón más para que yo encuentre a mi madre y pueda ver a mi hermano.

—No puedo desobedecer al rey. Estarían en peligro mi vida, la de tu madre y del Minotauro.

—Eso deberá suceder en lo recóndito —declara Ariadna en voz baja—, aprovechando la llegada de los abastecedores. He observado que, cada semana, al amanecer, hay gran movimiento de personas en el umbral del Laberinto. Tú coordinas la entrega de provisiones y controlas la entrada y salida de muchos sirvientes… Entre ellos podría colarme yo también y pasar desapercibida.

Dédalo está encantado con la perspicacia de la muchacha.

—Aunque esta artimaña sea muy peligrosa, puedo intentar satisfacer tu deseo legítimo. Pero con una condición: nadie debe saber del encuentro con tu madre y el Minotauro. No debes mencionar esto a ningún miembro de tu familia o sirviente.

—Guardaré un silencio absoluto —declara sin incertidumbre Ariadna, que añade—: ¡Mi padre nunca sabrá de este encuentro!

—¡Bueno! —exclama Dédalo y luego, en voz baja, añade—: Justo pasado mañana, al amanecer, llegará el abastecimiento de provisiones. Como has visto, frente al umbral del Laberinto reina el caos; será fácil esconderse entre los trabajadores. Cúbrete el rostro y envuélvete en una túnica masculina, poco elegante, para lograr una fisonomía deliberadamente descuidada. No me pierdas de vista y presta atención a todas mis señales.

—¿Por cuánto tiempo puedo pararme con mi madre y el Minotauro?

—No mucho. Tienes que salir del Laberinto junto con los abastecedores. No puedes estar fuera del equipo.

—¿Mi madre será advertida del encuentro conmigo?

—Por supuesto que sí, y creo que será muy feliz.

¿De verdad estoy convencida de que quiera ver a mi madre? ¿Tengo verdadero deseo de verificar que el Minotauro sea un niño normal y no un monstruo, una bestia antropófaga? Tal vez tiene razón mi padre cuando dice que la reina, con su acto innatural, se colocó fuera de la comunidad humana. Por eso es justo, añade, que esté aislada en el Laberinto para pagar su culpa junto con su fruto del pecado. Pero mi padre no tuvo lástima por su mujer, que fue madre de seis de sus hijos.

No sé. Sombras me oscurecen la mente. Quisiera comprender por qué mi madre amó al toro. Solo con la locura se puede explicarlo. Pienso que todo lo que ocurra en nuestra psique no es comprensible. Yo, como mujer, aunque muy joven, creo mucho en el derecho al amor y al deseo sexual. Pero no entiendo el amor sexual por un animal. Mi madre nos habló a menudo del deseo en las mujeres y de nuestro derecho a la dignidad en las relaciones sexuales. Siempre tuve mucha confianza en ella; me pareció una mujer determinada, consciente del bien y del mal. Para sus hijas fue siempre un ejemplo a imitar. Nos enseñó el respeto por las diosas, en particular por la diosa Afrodita, a quien debemos dirigirnos cuando estamos en dificultad por amor. Por supuesto, mi madre se dirigió a Afrodita, y Afrodita fue su guía en un amor no común.

¿Este amor puede ser acaso la venganza de algún dios, al que ella ofendió? Mi pregunta, sin embargo, es otra: ¿la intervención divina puede justificar la responsabilidad humana? Creo que no. Según mi opinión, es más justificable el deseo que se anide dentro de nosotros, en nuestra psique. En cambio, la intervención divina puede, como mucho, ayudar a la satisfacción humana. Tal vez el amor toma dimensiones desproporcionadas… no sé. Me duele la cabeza. Quiero y no quiero encontrar a mi madre. Quiero conocer… no quiero conocer sus deseos.

Sombras se enroscan en mi mente y en mi psique. El Laberinto me da miedo. Tremendo miedo. Todo lo que está entrelazado… me da miedo.

Tengo que tranquilizar también a mi hermana más pequeña. Fedra no me deja ni a sol ni a sombra. Quiere hacer todo lo que hago yo. Pero no puedo permitir que venga conmigo al Laberinto. También ella quiere ver a nuestra madre.

Mi padre fue inflexible: su esposa debía estar aislada. No le importó lo que eso significaría para nosotras, sus hijas, vivir sin nuestra madre. Dijo que se encargaría de que las nodrizas cuidaran de nosotras. Para los hijos varones no había problema: él mismo los educaría para ser valientes soldados.

Mi padre tiene una mirada parcial sobre la vida. Yo, aunque lo quiero, no comparto sus decisiones.

Mi padre es también un rey autoritario y a veces violento. Afirma que el corazón, el cariño, la dulzura son aspectos de las mujeres. El varón debe siempre expresar un carácter severo y frío. Un héroe nunca debe mostrarse comprensivo o de ánimo flaco.

No sé, me duele la cabeza. Tengo miedo. Cuando estoy con mi padre evito su mirada. Temo que pueda descubrir mi trama. Debo también tranquilizar a mi hermana más pequeña, Fedra. Sin nuestra madre me siento responsable de su crecimiento y educación. ¿Podré comprender las razones de mi madre para su amor animal?

¿Podré mostrar cariño hacia el Minotauro, como lo hago con mis hermanos varones?

Siento que los vínculos familiares me aprietan. Quisiera ser hija única. Quisiera estar sola con mi madre y absorber, solo para mí, todo su cariño.

Estoy enferma, las sombras me rodean, me envuelven, me asfixian, no veo la luz, ya estoy en el Laberinto por caminos tortuosos sin salida.

—No te preocupes, Ariadna —me dice la diosa Afrodita—. No estás a solas. Yo siempre estoy al lado de quien tiene sentidos de amor. Y tu corazón está lleno de cariño y de dulzura. Tú amas a tu madre y pronto comprenderás cómo ella secundó una ola de amor desbordante. Ten en mente que lo más hermoso es lo que uno ama. También un ser diferente puede hacernos explotar de placer. Llegará un tiempo más adelante en que tú también experimentarás esta ola desbordante de amor y de placer. Tu madre tuvo siempre mi presencia y mi apoyo. No fue a solas nunca en la elección de sus deseos. Así haré contigo. Siempre me tendrás en cada elección tuya de amor. También la más difícil.

—Estoy asustada —confieso a la diosa.

—¿Por qué? —me pregunta.

—Temo el Laberinto —explico yo—, y no estoy segura de que quiera encontrar a mi madre, y aún más al Minotauro.

—No tengas miedo —exhorta Afrodita—. Lo que estás tramando con Dédalo es por amor. Es la fuerza de quien busca la verdad. Encontrar a tu madre y a su hijo, después de haber recorrido los caminos del Laberinto, será para ti una alegría inmensa. Tu corazón estallará de amor. Ganarás la conciencia de ser mujer y, al final, te convertirás en un recurso para tu madre y tu hermano. Tú, junto a Dédalo, representarás el vínculo con la vida fuera del Laberinto. Y el tiempo, para ellos, pasará más rápido.

—Después de todos estos años, la situación se está volviendo aún más complicada —declara ansioso Dédalo, visiblemente inquieto. Ha querido encontrarse con Ariadna lejos del palacio real, en las afueras de Cnosos, para hablar con libertad—. Un navegante, de mi total confianza, llegado desde Atenas, me ha traído una noticia alarmante —prosigue—. Me ha informado de que, en el próximo buque que con los jóvenes atenienses partirá del puerto de la ciudad hacia Creta, vendrá a bordo también

Teseo, el hijo del rey Egeo. Su propósito no deja lugar a dudas: viene con la trama de matar al Minotauro dentro del Laberinto.

—¿Entonces el rey de Atenas aceptó entregar a los catorce jóvenes al Minotauro? —pregunta Ariadna, angustiada por la rapidez con que se suceden los acontecimientos.

—Sí —responde Dédalo—. Tu padre fue inflexible. Impuso este tributo de vidas humanas a Atenas con el pretexto de vengar la muerte de tu hermano Androgeo, su hijo predilecto. Según él, el joven fue asesinado con engaño por orden del rey de Atenas, pero en realidad todo fue un acto político: Minos quería reafirmar la supremacía de Creta, utilizando la figura del Minotauro como monstruo antropófago para infundir terror y dominio.

—¡Pero no es la verdad! Mi joven hermano es humano como nosotros y no come carne humana. Mi madre y tú mismo lo habéis educado bien, es una persona exquisita, acogedora y llena de curiosidad. Le gustaría salir del Laberinto lo antes posible para conocer el mundo. En todos estos años, cada vez que lo alcanzaba, me pedía que le hablara de la vida fuera del Laberinto: del sol, de la luz, de las montañas y del mar. Y ahora corre el riesgo de ser asesinado por el hijo del rey de Atenas. ¡Pero no es justo! ¿Cómo salir de esto?

—Sí, es difícil encontrar una solución. Si los jóvenes atenienses entran en el Laberinto no encontrarán la muerte por el Minotauro, pero seguramente fallecerán por privaciones, no logrando la salida y perdiéndose entre los pasillos del edificio con gritos de sufrimiento. Es algo horrible. Si, pues, Teseo de verdad quiere matar al Minotauro, ¿qué hará delante del joven humano? ¿No lo matará? No sé. Todo es enigmático.

—Pero tú, Dédalo, ¿no habías previsto ya hace mucho tiempo una fuga con mi madre y su hijo? ¿Por qué no la hiciste?

—No quise jamás que la reina y su hijo se encontraran en peligro. Minos, tu padre, solo para salvar la falsa imagen del Minotauro, nos habría hecho matar. Siempre he estado aguardando algún acontecimiento particular que me permitiera salir del *impasse*. ¿Cómo? No lo sé.

—Tal vez con la llegada de los jóvenes atenienses —observa Ariadna— estarás obligado a tomar decisiones de fuga.

—Es precisamente su llegada la que hace que todo se vuelva más confuso. Se enfrentarán dos imágenes del Minotauro, una falsa y otra real. Quiero pensar en cómo podré aprovechar esta combinación de lo falso y lo imaginario con las situaciones que se desencadenarán.

—No entiendo —confiesa Ariadna.

—El hijo del rey de Atenas, Teseo, quiere ser un héroe y por eso quiere matar al Minotauro. Quiere demostrar que habrá ido él a liberar su patria de la nefasta sumisión a Creta, con la obligación de un tributo de catorce jóvenes cada año para el pasto del animal antropófago del Laberinto. Matando al Minotauro, él pasará a la historia como un héroe. Y estoy convencido, conociendo el ánimo humano, de que eso es lo que busca: no solo la gloria, sino también preparar el camino para ser rey de Atenas. Pero este acontecimiento no puede suceder en la realidad, porque no hay ningún hombre-toro. El Minotauro no existe, es solo una figura imaginaria inventada y difundida por Minos. Si todo permanece en la mentira, entonces también la supuesta matanza del Minotauro dentro de los pasillos del Laberinto no puede ser más que otra mentira. ¿Quién podría conocer jamás la verdad? Lo importante será poner a Teseo en posición de conocer la verdad, para que así, consciente de la ficción, acepte permanecer en la mentira. Solo de esta manera podrá igualmente convertirse en un héroe, fingiendo haber matado a un Minotauro que nunca existió.

—Aún sigo sin comprender, confiesa Ariadna.

—Mira —explica Dédalo—, si Teseo entra en el Laberinto convencido de que debe matar al Minotauro solo por ficción, él podrá igualmente salir diciendo que ha cumplido su tarea heroica. El Minotauro, entonces, desaparecerá simbólicamente y tu madre y yo, con nuestro hijo, no siendo ya Minotauro, podríamos huir de Creta y refugiarnos en otra isla, lejos del poder de Minos.

—Ahora sí empiezo a darme cuenta de la estratagema. Pero me parece muy difícil de llevar a cabo. ¿Quién podría convencer a Teseo de aceptar un acto fingido para pasar por héroe?

—Tú misma, con la ayuda de la diosa Afrodita.

—¿Yo misma? ¿Cómo será posible? ¿Qué poder tengo yo para convencer a un varón que cree firmemente en el heroísmo, yo, hija del rey enemigo y hermana del monstruo al que quiere matar?

—¡El tuyo será el poder del amor! Tendrás a Afrodita de tu lado y serás seductora con él. Por amor le propondrás una salida del Laberinto para él y sus compañeros. Así lograrán la salvación y regresarán a su patria, Atenas.

Para mí es una tarea muy pesada ayudar a un enemigo, incluso seducirlo. Y es justamente la seducción lo que más me preocupa. ¿Cómo puedo yo, mujer, actuar para atraer la atención de un joven héroe hacia mí?

—Una mujer no necesita de arte para seducir —me dice la diosa Afrodita.

—No conozco al joven ateniense —digo yo—. ¿Por qué él debería volver su mirada hacia mí?

—Porque eres joven y llena de pasión, que yo te transmití —precisa la diosa—. Tú quieres amar, tú quieres seguir al héroe ateniense a su patria, Atenas; al verlo desembarcar, tu corazón estallará. La voluptuosidad te arrollará.

—¿Y qué pasa si el héroe me ignora? —pregunto.

—No pasa nada —me tranquiliza Afrodita—, porque serás tú quien lo convenza de tu gran pasión por él. El amor va más allá de cualquier sentido común, de cualquier racionalidad. Le demostrarás que tu decisión de ayudarlo nace del amor. Traicionarás a tu patria, a tu familia, pero lo harás por salvar su vida.

El barco ateniense, con velas negras y cargado de jóvenes destinados al sacrificio, llega al puerto cretense. Inmediatamente se le acerca una embarcación con la insignia real de Minos, que lo escolta hasta el muelle, donde el rey y todo su séquito ya lo esperan. Junto a Minos está su hija Ariadna, que de hecho ya ha reemplazado a la reina Pasífae. Detrás de Ariadna está también su hermana menor, Fedra, que observa con atención cada movimiento de Ariadna, poniéndose de puntillas para ver a los jóvenes atenienses destinados a convertirse en la sangrienta comida del Minotauro. La llegada de los extranjeros representa para la isla de Creta un acontecimiento extraordinario, y la idea de una muerte cruel para jóvenes en una edad tan temprana entristece a los cretenses, aunque se trate de un acto de venganza y de sumisión de Atenas al poder del rey Minos.

Ariadna intenta identificar al joven Teseo, a quien tendrá que seducir. Todos los recién llegados son jóvenes altivos y cualquiera de ellos podría ser el hijo del rey Egeo. Ariadna está en dificultad, pero de repente su padre, el rey Minos, acude inesperadamente en su ayuda: se dirige a uno de los jóvenes que está delante de los demás y lo increpa con dureza:

—¿Qué hace aquí el hijo del rey de Atenas? Te he reconocido. Estuviste con tu padre en las negociaciones para levantar nuestro asedio de Atenas. Yo probé un sentimiento profundo de dolor porque tu padre te tenía con vida, mientras que yo había perdido a mi hijo Androgeo por su engaño. No fue justo, me lo dije a mí mismo. Él explotó el coraje de mi hijo para empujarlo a competir con el toro imbatible que estaba en Maratón cerca de Atenas y así hacerlo sucumbir. Y ahora su hijo, pienso muy caro para su padre, está junto a los que son destinados a muerte cierta, o por la ferocidad del Minotauro o por los pasillos del Laberinto, que no permiten de salir fuera y salvarse. Esta es una venganza que apenas alivia mi dolor.

—Yo sí, y sin engaño, maté al toro de Maratón —afirma con orgullo Teseo—, y ahora estoy aquí para evitar que mi ciudad sea subyugada por Cnosos, y que tantos jóvenes sean entregados a un monstruo caníbal. Liberaré a la ciudad de Atenas de esta obsesión absurda.

La respuesta altiva de Teseo permite a Ariadna identificar al joven héroe, que de inmediato entra en su corazón. La joven hija de Minos ahora no tiene dudas. Está determinada a seguir la trama de Dédalo, porque su verdadero deseo es amar a Teseo, estar con él, para siempre.

—¡Te arrepentirás de tu arrogancia e insolencia! —acosa Minos—. ¡No saldrás vivo del Laberinto!

—No me asustes con tus amenazas ni con tu Minotauro. Saldré victorioso del Laberinto, y tú ya no gobernarás sobre Atenas —responde Teseo con altivez.

La altivez del príncipe ateniense conmociona profundamente a Ariadna, apoderándose de todas sus facultades. Teseo no es un enemigo, es un héroe, un hombre valiente, un hombre digno de amor.

—¡Basta ya! —grita Minos—. ¡Encerremos de inmediato a todos estos jóvenes en el recinto preparado junto al Laberinto! Mañana por la mañana, después del rito de sacrificio e invocación a los dioses, los haremos entrar en las habitaciones y pasillos del Laberinto. Serán la comida ofrecida al Minotauro.

Mientras las primeras sombras del atardecer caen sobre Cnosos, Ariadna intenta alcanzar a Dédalo sin ser notada y lo encuentra cerca del Laberinto, muy agitado por lo que sucede, porque teme a Minos y teme que él descubra la verdad: que no hay un monstruo en el Laberinto, sino un ser humano, hijo suyo y de Pasífae.

—Estoy lista para actuar tu estratagema —dice Ariadna sin tomar precaución de seguridad—. Teseo es un verdadero héroe y es cierto que hará lo que le pido.

—Tranquila —advierte Dédalo empujando a Ariadna a un rincón oscuro de la calle—. Tenemos que guardar silencio y prudencia. Tienes que esperar las altas horas de la noche. En ese momento, irás al recinto donde están cerrados los jóvenes atenienses y pedirás a los guardias que te lleven ante el joven Teseo, por orden del rey, tu padre. Una vez estés frente a él, debes demostrarle de inmediato que tu intervención es para salvarlo, cuando tenga que enfrentarse a la imposible salida del Laberinto. Entregarás pronto en sus manos ese ovillo de hilo muy resistente, que ha sido preparado con mucho cuidado y hecho de oro y otro metal indestructible. Será una herramienta útil para encontrar el camino de salida, gracias al hilo que se irá desplegando paulatinamente mientras avance por los pasillos del Laberinto. Te preguntará por qué estás ayudando a un enemigo, y la respuesta tuya será la de una mujer enamorada. Aquí mismo deberá actuar la seducción femenina. No seré yo quien te explique cómo funciona el arte femenino. Como te dije, aliada tuya será Afrodita. En ese mismo momento tienes que estipular con Teseo las condiciones para la entrega de la herramienta de salvación. Deberá prometer de forma rotunda que no entablará ninguna lucha con el joven que encontrará en el Laberinto y que no lo matará, porque no es un monstruo, como ha sido descrito. Sin embargo, una vez fuera del Laberinto, podrá declarar que ha matado al Minotauro y que así ha cumplido su misión. Volverá a su ciudad como un héroe vencedor. Tu intervención, entonces, será para salvar a un héroe… y a un hermano humano, inofensivo e inocente.

—Haré exactamente lo que me has representado —declara conmovida Ariadna, tocada en el corazón por los detalles de la trama elaborada de Dédalo—. Espero las altas horas de la noche y después actuaré. Esté convencida de que lograré la adhesión de Teseo al nuestro proyecto y que él mantendrá la palabra dada. Sus actos serán coherentes con nuestros acuerdos. Tengo mucha confianza en él porque es un héroe.

—Es muy importante tu seducción —precisa Dédalo—, porque a través de ella comprenderás si el héroe está realmente dispuesto a seguir el plan propuesto. Sin embargo, mantén los ojos bien abiertos y ten cuidado de no caer en una de sus trampas.

¡Para siempre! Mi seducción no tiene un tiempo limitado, no acabará jamás. Será un amor eterno. Mi seducción no solo deberá favorecer la estratagema de Dédalo, sino también convencer a Teseo de la intensidad de mi amor y de que nunca lo abandonaré. Mi seducción lo llevará a llevarme con él a Atenas, a amarme con pasión, a quererme siempre a su lado. La seducción es algo misterioso; creo que la mujer posee las llaves para entrar en el corazón del varón.

—Debes creer en ti, en tu hermosura —me dice Afrodita—. Te he enseñado a amar tu cuerpo y ahora debes estar lista para amar también el cuerpo masculino. El amor es el sentido de la vida. Tú amarás a Teseo con gran pasión y dedicación, y descubrirás qué felicidad te da el contacto de los cuerpos, las caricias, los besos, el camino que te lleva a la cumbre del placer. Sentirás los muslos de su cuerpo, los abrazos mordaces. Al final, exhaustos, os tomará un sueño profundo. Despiertos, os cogerá un nuevo deseo de entrelazar vuestros cuerpos para una nueva cumbre de placer. No hay violencia en la fuerza del coito; hay tensión, ganas, que los dos cuerpos se sumen en un único aliento. Lo que me describes, mi diosa, es exactamente lo que yo misma deseo y espero —digo yo—. Sin embargo, me gustaría formarme en el arte de la seducción, en aquellas técnicas que harán que mi intento no fracase. Te lo repito —me conforta la diosa—: no debes tener miedo. Debes mostrar, al mismo tiempo, audacia y timidez; avanzar y detenerte; dejar entrever tus sentimientos, pero siempre haciendo intuir que en tu mirada hay rincones misteriosos e indescifrables. Nunca debes ser tú quien dé los primeros pasos. Pero si ves que él se muestra indeciso o inseguro, debes crear las condiciones para que se sienta animado a seguir adelante en su deseo de seducirte. Tienes que asegurarte de que sea él quien te seduzca a ti y no tú a él. Mi corazón estalla de amor —digo yo—. No siento límites para mi pasión; anhelo abrazar el cuerpo de Teseo. Tan pronto como mis ojos se posaron en su perfil musculoso, un fuego se encendió dentro de mí que no me deja en paz.

—Así todo va bien —dice la diosa Afrodita—. El amor no puede ser un frío negocio de intereses para obtener provechos materiales. Entrégalo todo en el abrazo de Teseo.

Ariadna está lista para dejar su habitación en el palacio real de Cnosos. Intenta no despertar a su hermana Fedra, que duerme en una cama al lado, en la misma habitación. Ariadna se mueve despacio y con prudencia. No quiere por nada que su hermana esté comprometida en la trama esbozada por Dédalo. Es un vano intento el suyo.

—¿Dónde vas, Ariadna? —pregunta en voz baja Fedra—. ¿Vas a los jóvenes atenienses? ¡Llévame contigo!

—No, Fedra. Tú quédate aquí. Tengo una tarea muy importante, no es para ti. Y no digas nada a nuestro padre, cállate de manera absoluta.

—¿Por qué no quieres nunca que yo me una contigo? —protesta de manera enérgica Fedra—. ¿Nunca me permitiste encontrar a nuestra madre ni conocer a nuestro hermano Minotauro? ¿Por qué para ti todo es posible y para mí todo está rechazado?

—Porque no eres ya grande y tengo que protegerte.

Sin decir otra palabra, Ariadna se aleja de la habitación, no sin antes colocar el dedo índice de la mano derecha sobre la boca como señal de guardar absoluto silencio.

Con el rostro cubierto por un gran velo, Ariadna se desliza entre las sombras de la noche en dirección al recinto ateniense.

Al acercarse, dos guardias la bloquean con modos bruscos.

—¡Detente! ¿Quién eres? ¿Por qué te acercas a este lugar vigilado?

Ariadna, sin espanto, contesta pronto:

—Soy Ariadna, la hija del rey Minos. Tengo que encontrar al ateniense Teseo por voluntad de mi padre. Es su orden, no podéis impedirlo.

Los dos guardias se miran entre sí. Se dicen algo. Inmediatamente después autorizan que pase. Mientras Ariadna supera el recinto, un guardia le pregunta:

—¿Sabes quién es Teseo?

—Sí, no te preocupes: es el joven más orgulloso.

La voz de Ariadna se pierde entre el ruido provocado por el montón de jóvenes reunidos en un espacio muy reducido. Ariadna queda asombrada al ver que, a pesar de su destino trágico, los muchachos parecen tranquilos, conversando entre ellos y comiendo un poco del alimento que los guardias les han suministrado. En cuanto Ariadna está dentro del recinto y en medio de los atenienses, todos callan y vuelven la mirada hacia ella, que no muestra ni incomodidad ni vergüenza.

—¿Qué hace aquí una chica tan guapa? —exclama alguien.

—¡Quiere hacernos compañía! —dice otro.

—Es el rey que, antes de la muerte, nos entrega ratos de gozo sexual.

—¡Basta ya! —grita Teseo, abriéndose camino entre sus compatriotas—. Dejad de actuar de forma estúpida con esta chica cretense.

Luego, volviéndose hacia ella, le pregunta:

—¿Quién eres y por qué estás aquí?

Sin estar atemorizada, Ariadna contesta con una pregunta:

—¿No me reconoces?

—¡No! Te repito: ¿quién eres?

—Soy la hija del rey Minos, y estuve a su lado cuando os acogió en puerto.

—Estoy acostumbrado a no prestar atención a las mujeres cuando me enfrento con los prepotentes. ¿Qué quieres aquí?

—Tengo que hablar contigo privadamente —dice sin incertidumbre Ariadna—. ¿Quién te envía, el rey?

—No, estoy aquí por mi elección. Ninguno me envía a ti. ¡Lo quiero yo!

—¿Y por qué quieres verme?

Ahora Teseo parece molesto por la situación que se ha creado. Quiere despedir inmediatamente a la muchacha. Le dice:

—Si no es el rey quien te envía, puedes apartarte inmediatamente; no estoy interesado en lo que me quieres decir.

Ahora estoy realmente en problemas. ¿Cómo puedo actuar con seducción si, desde el principio, hay una negativa categórica a aceptar mi presencia? Necesito que la diosa Afrodita venga en mi ayuda.

—Estoy siempre a tu lado —me dice Afrodita—. No tengas miedo. Tu acción de seducción ya ha comenzado. El hecho de que hayas entrado sola al recinto de los enemigos y te hayas enfrentado al joven héroe te hace crecer en la consideración de Teseo, aunque él aún no quiera demostrarlo. Tienes que seguir actuando según la estratagema. Tu voz y tu mirada son el camino que la pasión amorosa y erótica ya está trazando para el joven ateniense. Él quedará encantado con tus palabras, pero sobre todo con lo que le propones para su salvación. Ese será el vínculo que lo atará a tu corazón. Te amará apasionadamente y tú sentirás el máximo placer en sus abrazos tan intensos. Mientras tanto, tienes que crear gran complicidad, debes aislarte con él para hablar de su salvación, pero también por vuestra intimidad, que a partir de ahora caracterizará esta sorprendente y exclusiva relación sexual. Estarás cerca de él, que sentirá tu aliento y el perfume de una mujer enamorada. De vez en cuando, y solo en apariencia de manera casual, tu cuerpo se rozará con el suyo, mientras él percibe tus vibraciones de placer. Cuando todo esté acordado, acerca tu rostro al suyo, tus labios a los suyos, pero no seas tú quien selle el pacto con un beso. Si él no te besa primero, no lo hagas tú: pospón el beso para otro momento.

—Estoy aquí por tu salvación —afirma Ariadna con voz baja—. No puedo hablarte frente a tus compañeros. Tenemos que apartarnos, así que yo pueda entregarte unas informaciones esenciales para tu salvación.

Teseo se queda inmóvil y pregunta:

—¿Por qué quieres protegerme, si tú eres mi enemiga?

—Lo comprenderás —declara Ariadna—, cuando te lo haya explicado todo. Por eso apartémonos en un rincón aislado.

Teseo, aunque está inseguro y teme una trampa, cauteloso, toma por mano a la mujer y se aparta hacia el límite del recinto, en un rincón aislado y lejano de miradas indiscretas.

Este contacto físico con él me enloquece. Siento todo el placer de su cuerpo que me arrastra y me desborda. Diosa Afrodita, ya no puedo controlarme ni aplicar las técnicas de seducción que me enseñaste. Ahora soy yo la seducida. Entrego mi cuerpo de mujer a él por un amor total, sin aliento. Puede hacer conmigo lo que quiera. Amo a Teseo inmensamente. No hay nadie que pueda darme lo que él ya me da. Quiero sus abrazos, quiero sus besos, quiero que entre en mí para siempre.

—Tranquila —me dice Afrodita—. El amor apasionado tiene que seguir su curso, porque si no, puedes perderlo todo. Llegará el tiempo del gran coito: experimentarás un placer divino. Adelante, conquista a tu amante. Ahora le toca a él ser seducido por ti.

—Primero debes decirme qué quieres por mí, si me ayudas —declara Teseo con tono perentorio—. Y luego en qué consistiría tu ayuda.

—Yo no quiero nada para mí —contesta con voz excitada Ariadna—. Y mi ayuda es para sacarte del Laberinto.

—Efectivamente, salir del Laberinto es una hazaña muy difícil; mientras no hay incertidumbre: yo mataré al Minotauro. Pero dime, si quieres ayudarme, ¿hay alguna posibilidad de salir de los pasillos complicados y de las habitaciones lúgubres de este maldito edificio?

—Tengo la solución para eso. Una solución elaborada por el mismo constructor del Laberinto. Pero antes de entregártela tienes que prometerme bajo juramento algo que ahora te presentaré.

—No entiendo —confiesa fríamente Teseo.

—Cualquier cosa ahora te digo: júrame que mantendrás el secreto.

—Va bien, lo juro. Pero ahora habla y hazme comprender.

—Tienes que saber que en el Laberinto no hay ningún monstruo, no hay el Minotauro ni un ser antropófago por mitad toro y por mitad hombre. Hay solo un joven normal y amable, como todos los jóvenes de su edad.

—Sigo sin entender. Estoy aquí en Creta para matar al Minotauro. El rey de Atenas, al final de la guerra que tu padre provocó para levantar el cruel sitio de la ciudad, aceptó entregar cada año a jóvenes atenienses como alimento del monstruo que habita en el Laberinto. ¿Por qué ahora me dices que en el Laberinto no hay ningún monstruo? Y yo quise unirme a los jóvenes de Atenas para, entrando con ellos en los pasillos del edificio, encontrar al Minotauro y entablar con él una lucha heroica. Estoy seguro de que saldré victorioso porque soy un héroe y nada ni nadie me da miedo. ¿Cómo puedes tú, hija del rey, mi enemigo, al que quiero derrotar matando a su monstruoso hijo, revelarme ahora que ese rival no existe? ¿Para qué, entonces, enviar a muerte segura y atroz, por privaciones en el Laberinto, a jóvenes atenienses tan valiosos? ¿Dónde queda, entonces, mi tarea de héroe?

No entiendo ni quiero entender. ¡Basta ya! Puedes alejarte, yo regreso con mis compatriotas.

—No, párate, por favor —grita desesperada Ariadna, viendo desvanecerse su acto—. Tengo que entregarte aún la herramienta de salvación y debo completar la descripción de mi proyecto.

Ariadna pone el palmo de su mano derecha sobre el pecho de Teseo para detenerlo. Ese contacto físico le provoca una aceleración cardíaca que la hace tambalearse. Teseo se percata de su malestar y pregunta:

—¿Todo bien?

—Sí, sí, todo bien… —responde ella con voz temblorosa—. Pero tú toma este ovillo: es un hilo muy resistente, hecho de oro y otros metales. Será tu salvación, porque este hilo te hará salir del Laberinto. Cuando mañana entréis en el Laberinto, tú irás desarrollando el ovillo, atando el extremo del hilo a la puerta de entrada. Así, al momento de salir, regresando sobre tus pasos, tendrás el camino ya trazado por el hilo que habrás desplegado.

Ariadna, al concluir su explicación, entrega el ovillo en las manos de Teseo, que se queda inmóvil y en profundo silencio. Entonces, la joven aún tiene tiempo para añadir la parte más importante de la estrategia. Dice con voz firme:

—Cuando, gracias a mi hilo, tú salgas fuera del Laberinto, toda verdad estará en tus palabras. Como héroe podrás anunciar que has matado al Minotauro y que, desde aquel momento, el monstruo no es más una amenaza, y que tu patria, Atenas, ya no tiene obligaciones hacia Minos. Volverás victorioso a tu ciudad, y nadie dirá algo diferente. Pero lo que debes prometerme con total seguridad y sin dudas es que, dentro del Laberinto, lejos de la mirada de todos, cuando te encuentres con el joven, un humano normal como tú mismo, no lo matarás. Sin embargo, fuera del Laberinto, como ya te he dicho, sí deberás declarar que encontraste al Minotauro, lo enfrentaste en una dura lucha y que, finalmente, lo mataste.

—¡Todavía este cuento se fundamenta sobre horrible mentira! —grita Teseo, rompiendo repentinamente su silencio.

—¿Por qué hablas de mentira? Tú entrarás de verdad en el Laberinto y, de verdad, lograrás salir: eso es un éxito real, tan importante como lo sería derribar al Minotauro. Estarás a solas con el monstruo, nadie asistirá a tu combate con él. Y lo que ya es una mentira del rey Minos continuará existiendo también a través de tu acto. Hasta ahora, Minos ha construido un cuento falso: ha provocado una guerra contra tu ciudad e impuesto un tributo humano por algo que no existe. Tu comportamiento seguirá siendo heroico, aunque esté insertado en un mundo imaginario. En la vida, muchas veces no sabemos qué es realidad y qué es imaginación. Acepta mi trama, acepta el nuevo reto que te propongo. Y prométeme que, cuando estés frente a mi dulce hermano, el llamado Minotauro, no lo matarás.

En ese momento, Ariadna se aferra a Teseo: desea el contacto físico como sello de un pacto que aún no parece definitivo, porque él permanece encerrado en su silencio y no deja entrever sus pensamientos. Los instantes se vuelven eternos, el tiempo parece suspendido. Ya no se oyen siquiera las voces de los jóvenes atenienses, mientras el sonido del mar lejano se vuelve cada vez más dominante. Entonces, de repente, Teseo explota:

—¡Sí, vale! Acepto, pero con estas condiciones para evitar que me estés preparando una trampa. Si en el Laberinto encuentro al Minotauro como joven de forma humana, como tú me estás diciendo, yo te prometo que no lo mato. Si en vez es un monstruo, un ser con cabeza de toro y cuerpo humano, violento y antropófago, diferentemente a lo que declaras, yo me enfrento a él y lo mato. De este modo no estoy en la mentira. Porque, al final, si hay el Minotauro en el Laberinto, yo lo mato. Y es lo que todos deben saber.

Ariadna está en fuerte ansiedad. Percibe ambigüedad en el compromiso de Teseo. Por eso prefiere que él enfatice su juramento de no matar al joven humano que encontrará.

—Por supuesto encontrarás no a un monstruo, sino a un ser normal. ¡Júrame que no lo matarás!

—¡Tú dices que es un humano! ¿Cómo puedo yo tener la certeza de que realmente lo sea? No puedo creer a ciegas que el monstruo no existe. Y, además, quien me lo asegura es la hija de mi enemigo. Es legítimo que tenga dudas. Por otra parte, no debo jurar por un comportamiento que para un héroe es esencial: perdonar a un joven indefenso. Y ahora ¡entrégame el ovillo!

Así diciendo, Teseo arranca la herramienta de las manos de Ariadna y regresa al grupo de los jóvenes atenienses.

Creo, mi diosa, que mi seducción haya fracasado. No he visto a Teseo muy interesado en mí: ¡pero sí en lo que le ofrecía para su salvación! ¿Son todos así los hombres, mezquinos y vinculados a su ventaja?

—No te desanimes —me consuela Afrodita—. Has hecho mella en su ánimo. Verás: cuando tu hombre salga del Laberinto, te estará agradecido para siempre por la salvación que le has concedido y te amará con fuerte pasión.

—Por el momento —observo yo—, no he percibido ni un solo gesto de dulzura hacia mí. Tal vez solo cuando tuve dolor de cabeza y me preguntó si todo estaba bien… Ese fue el único momento en que lo sentí interesado en mí.

Al amanecer, después de un breve ceremonial sangriento con el sacrificio de un joven toro al dios Poseidón, los atenienses son empujados con fuerza hacia el interior del Laberinto. Es un jaleo brutal. Quien intenta huir inmediatamente es asesinado. Hay gritos de desesperación, hay quien rompe a llorar. Teseo se pone al frente e invita a todos sus compañeros, que van a entrar al edificio, a permanecer juntos y no avanzar. Deben quedarse en un punto preciso, donde él habría de llegar después de haber matado al Minotauro. Para recuperar la salida, él tenía una herramienta muy eficaz. Los compañeros debían tener confianza en él, el hijo del rey de Atenas, que, matando al Minotauro, liberaría a su ciudad de la tiranía de Creta y de su rey Minos.

Las palabras de Teseo alientan a los jóvenes atenienses, que se reúnen y deciden quedarse en uno de los primeros espacios del Laberinto, esperando su regreso.

Mi padre ha impedido a sus hijas estar presentes a la entrada forzosa de los jóvenes en el Laberinto. Dijo que no era un espectáculo para mujeres. Lo siento, quisiera ver a Teseo enfrentar su gran desafío con el Laberinto. Un poco yo estoy con él. Mi ovillo entre sus manos es testimonio de nuestro amor. Porque así ha dicho Afrodita: él me ama y pronto me llevará consigo cuando vuelva a Atenas. Este es un amanecer triste, pero al mismo tiempo feliz. Triste porque tengo que dejar a mi familia: a mi hermana Fedra, a mi madre, también a mi padre y a mis otros hermanos. Lo siento, y mucho. Todavía es muy fuerte la pasión por Teseo. Por él, estoy dispuesta a todo. Cuando el cuerpo quema de deseo erótico, no hay otro remedio que apretar el cuerpo de quien te fascinó. Seguiré a Teseo sin duda alguna. Pronto Teseo saldrá del Laberinto, me buscará para agradecerme. Tendrá palabras de gratitud para mí. Me pedirá que suba con él a la nave ateniense para zarpar hacia Atenas y abandonar Creta, esta isla nefasta. Cnosos olvidará al Minotauro. Estoy feliz de que mi último hermano esté a salvo, de que no será ya discriminado y vivirá como un joven normal. Así y todo, Teseo será un héroe y yo seré su esposa. Sin embargo, un poco lo siento… dejar a mi familia. Lo siento, en particular, por dejar a la joven Fedra. Fedra, que está aquí junto conmigo, no hace otra cosa que hacer preguntas. Quiere saber, quiere estar informada de todo. Me dice que ya no es una niña, que tengo la obligación, como hermana mayor, de compartir con ella lo que sé. Insiste. Me pregunta si tuve contacto con el joven Teseo. Me dice que es hermoso, que es un varón que despierta intensos deseos sexuales. Quiere saberlo todo y continúa con sus preguntas, una tras otra. Yo callo. Pero mi silencio no la engaña. Ha intuido algo. Me ha suplicado que no la deje, que si me voy, ella quiere venir conmigo. No es posible, le he dicho, refugiándome en una ambigüedad deshonesta.

Teseo está solo frente al atrio del Laberinto. Si avanza, ya no habrá salvación. Entonces saca de su quitón el ovillo que Ariadna le entregó. La herramienta es sencilla… ¡lástima que no fue él quien tuvo la idea! Así su salvación no dependería de una mujer y, además, hija del rey, su enemigo. Pero ahora no hay tiempo para seguir con esos pensamientos. Lo importante es buscar al Minotauro, sin olvidar desarrollar el hilo, que ha fijado a una de las puertas de acceso al Laberinto.

Avanza por un camino que prefiere la línea recta, sin adentrarse en los meandros laterales, los que parecen más circunscritos y por eso terriblemente falsos. Procede con suma cautela, mirando hacia atrás. Sostiene en su mano derecha la corta espada bien afilada de doble filo que mantuvo oculta bajo su quitón. Está listo para la lucha que pronto tendrá que afrontar para poner fin a este absurdo de que los jóvenes atenienses van a alimentar al Minotauro. Matará rápidamente a la bestia, se dice a sí mismo, y volverá sobre sus pasos, olvidándose de lo que le dijo Ariadna, que no encontraría en los pasillos del Laberinto a un monstruo, sino a un joven humano normal como él.

—¿Quién eres? ¿Qué estás buscando en este lugar absurdo, hecho de nada? Aquí hay el vacío. Yo estoy en condiciones desesperadas, no tengo ni amigos ni hermanos…

En un amplio y largo pasillo iluminado por varias antorchas, Teseo distingue claramente frente a él a un hermoso joven de cabello largo y con barba: es un humano y no una bestia. Inmediatamente pregunta, manteniendo su atención en alto:

—¿Eres tú el Minotauro?

Sin esperar respuesta, mostrando su arma afilada, añade:

—Eres muy diferente a como te describen fuera del Laberinto. Pero aún tengo que completar mi misión para evitar cualquier malentendido: tengo que matarte a ti.

—¿Por qué matarme? ¿Qué daño causo? ¡Mírame! ¿Te parece que yo sea un peligro?

—Eres el Minotauro, el terrible monstruo que habita el Laberinto, antropófago y violento; por eso te mato.

—Sin embargo, yo no soy ni antropófago ni violento. He estado encerrado en esta prisión desde que nací. Líbrame, llévame contigo, muéstrame el mundo exterior. Tú podrías ser mi salvación. El hombre no puede vivir sin libertad, sin conocimiento, sin alegría y sin amor, en total soledad. Quiero salir de esta cárcel, y tú puedes ayudarme. Te estaré eternamente agradecido y te elijo como mi gran amigo para toda la vida.

Teseo no baja el arma afilada. Querría apresurar la ejecución. Teme su propia implicación emotiva, mientras su tarea heroica, según él, implica la muerte del Minotauro, olvidando incluso lo que prometió a Ariadna.

—¡Demasiado tarde! —grita Teseo, acercándose al joven asustado—. Te mato porque eres el Minotauro.

—Soy un humano como tú, ¿por qué me matas?

—Te repito: porque eres el Minotauro.

—Todavía no soy como me han descrito: cabeza de toro y cuerpo humano. Mírame con atención. No siempre un nombre corresponde a la realidad.

—¡Para mí, sí! Porque tú eres el Minotauro, eres un monstruo violento y antropófago encerrado en el Laberinto, y yo te mato por el bien de mi ciudad, Atenas.

—Mírame, no estoy armado, no tengo puñal ni cuchillo afilado. No puedo hacerte daño. Más aún, si me perdonas, te ayudaré a salir de los pasillos de este horrible edificio.

De repente el Minotauro calla, dándose cuenta de la inutilidad de sus súplicas. Teseo, fuera de sí, lo acosa:

—¿Quién me dice que no me estás tendiendo una trampa? No te creo un joven pacífico e indefenso. ¿Por qué estarías encerrado en el Laberinto y se diría que comes carne humana? No, no caigo en la trampa. Porque, como yo te veo… no me pareces un humano, sino una bestia cruel contra la cual debo luchar por la salvación de los atenienses.

El joven Minotauro se queda quieto ante la muerte. El acto violento que Teseo está a punto de cumplir parece, de pronto, algo fácil. Su brazo se alarga y el arma afilada penetra en el corazón del Minotauro. Nunca Teseo habría imaginado un combate sin asalto, sin resistencia, sin rebote. Un chorro de sangre lo golpea en el rostro y tiñe de rojo su quitón: será la prueba de que ha derrotado al Minotauro. Será su victoria… en la sangre.

Mientras él vuelve sobre sus pasos siguiendo el hilo que hasta aquel momento había desarrollado, llegan los gritos desesperados de Pasífae, que ha encontrado a su hijo Minotauro herido de muerte. El héroe no presta atención al eco de dolor que repercute por los pasillos del Laberinto e intenta alcanzar muy veloz a los compañeros donde los había dejado. Hay mucha alegría entre los jóvenes atenienses al ver a Teseo, sucio de sangre, que anuncia y describe su victoria contra el Minotauro.

—He matado al monstruo después de una dura lucha; ha sido un asalto brutal el suyo. Sin embargo, me he defendido a ultranza y, al final, lo he derrotado. El Minotauro era un ser horrendo, mitad toro y mitad hombre.

Los gritos de alegría continúan hasta la salida del Laberinto, momento en el que Teseo impone guardar silencio.

Ahora necesita alcanzar lo antes posible la nave ateniense en el puerto, sin despertar sospechas. Minos y los comandantes cretenses no imaginan que una salida del Laberinto haya sido posible ni prevén la fuga de los jóvenes atenienses por mar abierto rumbo al puerto de Atenas.

No puedo quedarme aquí esperando. Quisiera que mi héroe viniera a escondidas a buscarme, agradecido por mi ayuda, diciéndome que todo ha ocurrido como convenimos: que no mató al joven Minotauro, aunque se jacte de haberlo hecho, y que así liberó al hijo de Pasífae para que pueda tener una vida normal, lejos de Cnosos. Sin embargo… ¿Teseo vendrá? Dudo que pueda llegar. El deseo es potente. Es una llama que me consume por dentro. ¿Qué es lo que realmente espero con ilusión?

—No lo dudes —me dice Afrodita—, llegará el momento de mucha pasión; ahora hay que tener paciencia, hay que actuar. actuar.

—Yo quiero actuar, no tengo miedo —digo yo—. Todavía enloquezco de amor por él, sin tregua.

—La belleza del amor reside precisamente en esta espera —me confía la diosa—. El amor —me explica— no es solo la cumbre del placer, sino el recorrido que lleva a los amantes hacia ese punto final. En ese recorrido, yo estoy muy presente, con los sentidos de la voluptuosidad y del deseo, que se enriquecen con actos de dulzura y mimos. Parece evidente que no interesa procrear ni garantizar la continuación de la especie. El amor existe para el placer: el más intenso posible, el más extremo concebible. Y la mujer posee el secreto de este placer.

Conoce todas las implicancias del recorrido erótico y es la verdadera guía hacia el ápice del máximo goce. Siento pena cuando la mujer se distancia de esta dulce y envolvente tarea, ya sea porque no encuentra la misma intensidad erótica en el hombre, que muestra solo un mezquino placer individual, o cuando, con el paso de los años, renuncia voluntariamente al deseo erótico. Aun así, siempre estoy presente y dispuesta a dar el asesoramiento apropiado. Así que ve, Ariadna, y no tengas escrúpulos para lograr el máximo placer con tu hombre, que en este momento ocupa todo tu corazón.

—¿Adónde vas? —me pregunta Fedra, que me está obstaculizando la salida de nuestra habitación. Quiere que no abra la puerta—. Sé dónde vas. Vas a seguir al ateniense.

—Yo soy grande, puedo elegir mi destino.

—No, tú me abandonas.

—No soy tu madre. Tu madre pronto dejará el Laberinto; ya no habrá el Minotauro.

—No entiendo. Yo quiero solo estar contigo.

—No. No es posible. Iré a Atenas con Teseo, el hijo del rey de la ciudad. Será mi esposo y, cuando él sea rey, yo seré su reina. Ahora creo que entiendes.

—Sin embargo, ¿tú lo amas?

—No sé. Y ya que estoy para apartarme, siento la necesidad de decirte la verdad, la que puedes referir a nuestro padre y a los otros hermanos. Tengo una fuerte atracción física por Teseo. Voy con él por amor y deseo sexual. No me interesa ni la ciudad de Atenas ni ser reina. Voy con Teseo porque él me toma en lo profundo; no sé explicarme qué me ocurre, es más fuerte que mi voluntad. ¡Aunque no quisiera seguir a Teseo, no podría! Necesito ir con él, dejando a mi patria, a mi familia, a mi hermana pequeña, a la que quiero mucho. Así es. Ahora yo te abrazo, te beso; nos digamos adiós para siempre.

Con estas últimas palabras las lágrimas me bañan el rostro. Mi querida y pequeña hermana, ahora estás en profundo silencio. Inmóvil. No dices nada. Te alejas de la puerta y vas a echarte en tu cama, y sigues guardando un triste silencio. También yo ahora no digo nada. Ya todo hemos dicho.

Estoy lista para echarme a mi destino, lo que fuera que fuese.

Ariadna debe correr con todas sus fuerzas para alcanzar al grupo de jóvenes atenienses que se dirigen al puerto de Cnosos. El agotamiento está a punto de apoderarse de la hija de Minos cuando se le unen algunos atenienses que estaban cerrando la marcha en la huida. La detienen y llaman a los demás compañeros, señalando que hay una mujer detrás de ellos. Teseo es el primero en dar marcha atrás y acercarse a la mujer. Reconoce a Ariadna e inmediatamente pregunta:

—¿Qué haces aquí? ¿Por qué nos sigues?

Ariadna no contesta pronto; tiene que recuperar el aliento. Parece que no quiera responder. Teseo acosa grosero:

—¡Responde!

Finalmente, Ariadna habla:

—Quiero venir contigo —dice con un hilo de voz.

—¿Venir con nosotros? ¿Y por qué? —pregunta molesto Teseo.

—¡Para estar contigo! —declara la mujer con más determinación.

Teseo cierra la conversación y grita a los compañeros:

—Dejad a la muchacha y retomemos la huida.

Todos se ponen en marcha de nuevo, dejándola sola a Ariadna, que tiene un momento de incertidumbre sobre si volver sobre sus pasos o seguir a los atenienses que huyen. La duda dura solo un instante. Ella está detrás del grupo gritando:

—Esperadme, que yo también voy.

Los jóvenes atenienses están ya todos en la nave, después de haber forzado unas naves cretenses para impedir que los persiguieran durante la huida. Ariadna no sube a la nave ateniense, esperando que sea Teseo quien la llame para subir. ¡Nada! Todos la ignoran, incluso Teseo. Ahora el orden es el de izar las velas, que son aún de color negro. En este punto, Ariadna sube también al buque, como un fantasma. Teseo hace como si nada.

¿Qué me ocurre? ¿Por qué estoy en nave enemiga y me alejo de mi patria? Abandono a mis padres, a mis hermanos. Soy traicionera, infiel, hija desnaturalizada del rey de Creta. ¿Quién podría tener hacia mí consideración? Nunca podría ser perdonada. ¿Qué puedo hacer conmigo misma? Es un sufrimiento indecible. ¿Quién podrá ayudarme? ¿Quién podrá darme consuelo?

—¿Por qué aún dudas? —me dice Afrodita—. Pronto tu amante te hará olvidar estos malos pensamientos. Tú estás actuando por amor. Tu hombre, si ahora parece que te ignora, pronto te buscará y pronto te amará aunque no lo quiera. Ya te dije que el amor supera cada obstáculo; no hay patria ni familia, no hay ni traición ni infidelidad. Otros alimentan estos malos pensamientos porque están en mi contra, difundiendo falsas ideas y engaños. Son aquellos que promueven la infelicidad y el sufrimiento humanos, los que aman la guerra y la violencia. Sin embargo, la pasión erótica es el verdadero sentido de la vida. Tú estás en su camino: es el único valor justo y eterno.

—Pero mi hombre me ignora. Para él yo no existo, soy sombra evanescente. No tengo cuerpo, no tengo ya capacidad de seducción; si no hay cuerpo, no hay deseo sexual. ¿Qué pasará ahora?

—No te preocupes —me consuela la diosa—, esta es una batalla por amor y yo te soy aliada. Lo que tu corazón quiere se cumplirá.

Ahora Afrodita me muestra su rostro sonriente, que me alienta. La diosa me da confianza. Espero con fuerza mayor.

—¡Estamos cerca de la isla de Naxos! —grita Teseo al ocaso del sol, tras una jornada de navegación—. Preparémonos para desembarcar en esta hermosa isla, para pasar una noche de alegría, ya que los cretenses ya no pueden alcanzarnos. Mañana por la mañana cambiaremos las velas para que mi padre, desde el cabo Sunión, pueda ver las velas blancas como señal de que regresamos victoriosos.

Todos los atenienses se alegran mucho por este cambio repentino e inesperado en la ruta de navegación. Después de tanto sufrimiento, agradecen festejar en una playa de la isla, que siempre ha sido muy popular y apreciada entre los navegantes.

En cuanto la nave queda amarrada en una cala protegida, los jóvenes atenienses se echan desordenadamente sobre la arena, empezando a correr, luchar y empujarse: expresan así su alegría. Teseo no sigue a los compañeros; se acerca a Ariadna, le toma la mano y le susurra con marcada dulzura:

—Tú vienes conmigo, porque pasaremos la noche juntos.

Teseo conduce a Ariadna más allá de una duna que marca el borde de la playa y le dice:

—Prepararé aquí nuestra cama para la noche. Es un lugar bien protegido del viento y lejos de miradas indiscretas.

Ariadna queda trastornada; no dice ni una palabra, pero no aparta la mirada de su hombre, quien, por su parte, hace todo lo posible para evitar mirarla a los ojos.

Entonces yo existo. No soy fantasma, una sombra. Tengo un cuerpo y Teseo lo desea. Mi seducción ha tenido éxito. Teseo, mi hombre, me quiere. Esta noche se acuesta conmigo sobre la arena de la isla de Naxos. Se acuesta conmigo por gran pasión. Nos damos nuestros cuerpos con recíproco deseo. Yo lo deseo a él, él me desea a mí. Es una llama inagotable, que nos toma listos para alcanzar la cumbre del placer. Tuvo razón Afrodita, la diosa que es mi aliada. Y estará conmigo durante la noche. Ahora sí, la espera es el momento extraordinario por el gusto de lo que sé que probaré: extrema excitación por apretar el musculoso cuerpo del hombre. Plenitud en mí por acoger la semilla de su orgasmo. Una cálida explosión de dulzura, de mimos y de vibración de los cuerpos.

El enfoque erótico de Teseo no incluye juegos previos. Se quedan de pie frente a la cama improvisada después de la frugal cena junto con los demás. El hombre empuja repentinamente a Ariadna en la cama y le arranca la ropa, dejando al descubierto su cuerpo, parcialmente iluminado por la tenue llama del fuego del campamento cercano. No hay armonía ni belleza, sino agresión brutal y violación. Ariadna siente un dolor punzante, lejos de la dulzura de un placer anhelado. Insoportable y apresurado es el orgasmo masculino. Ariadna sucumbe, aplastada por el peso del cuerpo de Teseo, que se deja caer sobre ella por completo.

La noche vuela. La oscuridad deja los primeros destellos de una luz diáfana y fresca. Un viento ligero acaricia la piel y roza imperceptiblemente los ojos aún cerrados por el sueño. Ariadna levanta el brazo izquierdo para sentir el calor de la piel de su hombre y para una caricia deseada. Pero cuanto más alarga el brazo, más encuentra el vacío. Entonces cambia de posición: ahora es el brazo derecho en la búsqueda del cuerpo de su amante. Sigue el vacío. Ariadna abre los ojos. A su alrededor mira el vacío. La cama improvisada está vacía, y más allá está vacío el campamento improvisado de la noche anterior. El vacío está también donde la nave se amarró. ¡Soledad y espectral sonido de las olas del mar, sin presencia humana!

Empieza a correr por la playa que el mar lame sin tregua; sus pies se hunden en la arena húmeda. Tropieza y, con esfuerzo, vuelve a ponerse en pie. Mientras sus pies continúan hundiéndose en la arena, su mirada alcanza el horizonte iluminado por el sol recién salido y vislumbra el contorno de las velas de un barco que se aleja.

Entonces, intentando saltar cada vez con más fuerza y agitando los brazos en círculos amplios y rápidos, grita:

—¡Oye! ¡Oye! Te olvidaste de mí. Yo también estoy aquí, Teseo. ¿Por qué no me despertaste?

Por fin, vencida por el cansancio y sin fuerzas, se deja caer sobre la arena, al borde de la resaca. Las olas más largas, movidas por la quilla del barco de Teseo, lamen su cuerpo dibujando sinuosas líneas de una belleza corporal desdeñada por el amante.

—¿No crees que ha llegado el momento de actuar? ¿No ves lo intenso que es el sufrimiento de Ariadna? Habías prometido en su momento tu espectacular boda con esta chica.

Afrodita ha alcanzado al dios Dionisio, amargada por lo que le pasó a Ariadna.

—Estaba listo —precisa el dios— para raptar a Ariadna y proponerle bodas divinas conmigo; cierto que habría encontrado en mí la satisfacción erótica que los mortales no garantizan. Ahora tengo que tomar inmediatamente medidas que liberen a la chica del sufrimiento y le entreguen alivio y cumbres de placer.

—En eso, mi querido Dionisio, creo que tú sabes cómo hacer y muy bien —confiesa Afrodita, que añade—: entre todos los dioses tú eres el más audaz. Te pido solo que la trates con mimos y dulzura. Ariadna es mujer especial, por mí protegida; tiene ahora una carga erótica desbordante.

—Estoy convencido —proclama Dionisio— de que Ariadna es digna de una pasión más alta que la que los humanos puedan concebir. Con esta boda, que al fin sello, la elevaré hasta el extremo del designio humano. Me marcho de aquí para alcanzarla en la isla de Naxos, en una aislada playa, y vendrá conmigo por un verdadero himeneo, el que le fue negado.

El sol baña con reflejos dorados la arena húmeda de la rompiente, donde yace Ariadna, ya inconsciente. Dionisio la ve desde lo alto de su carro, tirado por dos espléndidos guepardos moteados. El carro desciende hasta que las ruedas plateadas tocan la playa; todavía no penetran el fondo arenoso ni dejan surcos marcados. Avanza despacio por la resaca de la amplia playa en dirección al lugar donde reluce el cuerpo inmóvil de Ariadna.

Atrás, Dionisio, no muy distante, sigue la ruidosa procesión de sátiros, liderada por Sileno, quien, con ritmos impetuosos y címbalos, anuncia la presencia de la divinidad. En cuanto el carro se acerca a Ariadna, Dionisio silencia a su cortejo, detiene a los guepardos y desciende en silencio hacia la joven, aún inmóvil en la rompiente.

El dios se despoja de su túnica y, junto a Ariadna, extiende el blanco esplendor de su cuerpo efébico. También él es arrastrado de inmediato por las olas.

Impalpable, acaricia la hermosa cabellera húmeda de Ariadna: es un aliento en su rostro, un susurro en su oído.

—Estoy aquí para ti. Tu dolor de amor se disuelve y un gran frenesí se apoderará de tu cuerpo. La boda que te propongo supera toda expectativa y en mí encontrarás lo que tanto has buscado. Saciaré tu deseo desmedido por Eros y te llevaré a la cima del placer extremo. Los mortales no comprenden del todo lo sublime que nos regala Afrodita y, en el entrelazamiento de cuerpos que se desean, descuidan la chispa divina que enciende. Aquí te doy este amor y, conmigo y con mi boda, serás por siempre reina de la belleza de los cielos. Una corona de estrellas brillará en el horizonte en la noche y llevará tu nombre. Serás para todas las mujeres la esperanza de perenne felicidad que la vida mortal muchas veces impide. Ven, levántate y reanuda tu danza con nosotros en la procesión, al ritmo de los impetuosos címbalos.

Diciendo esto, Dionisio toma las manos de Ariadna y ella se levanta lentamente y apoya su cabeza en el pecho lampiño del dios.

Al zarpar rápidamente al amanecer desde Naxos, el timonel hace notar a Teseo que la joven cretense no ha subido al barco junto con los demás.

—Lo sé —responde molesto Teseo—. Me dijo que prefiere quedarse en la isla, renunciando a vivir en una ciudad enemiga.

—Sin embargo —observa el timonel—, es como elegir la muerte. No hay escape en una isla como Naxos, despoblada y con animales feroces.

—Fue su elección. Ni yo quise constreñir a quien me ayudó a salir del Laberinto. Después de un momento de silencio, Teseo declara con mirada amenazadora:

—¡Basta ya! No hablemos más de este asunto. Nuestro rumbo ahora sea el puerto de Atenas. ¡A toda velocidad!

Y, meditabundo, se aparta a un rincón del barco. Así permanece durante la travesía, hasta que, de improviso, el timonel lo devuelve a la realidad, gritando:

—¡Hemos doblado el cabo Sunión! Pronto el puerto de nuestra ciudad nos acogerá.

De repente, Teseo dirige la mirada a las velas del barco: siguen siendo negras.

—¡Abajo, abajo las velas negras! —grita fuera de sí.

El timonel responde:

—Aún no hemos llegado al puerto. Navegar solo con los remos se vuelve difícil.

—No me importa. Las velas deben bajarse lo antes posible.

Ahora todos se apresuran alrededor de los mástiles del barco para desatar las amarras y arriar las velas negras.

Pero hace ya mucho que el cabo Sunión fue doblado y quien debía ver, ya lo hizo: vio las velas negras, un color que resaltaba con fuerza sobre el fondo de una puesta de sol cálida y roja.

5

Boda política

Afrodita ve a Poseidón al final del sendero por el que camina, entregada a dulces pensamientos. Su aparición la incomoda de inmediato.

En verdad, el dios marino resulta insoportable con su obsesión por la venganza. Sin duda ha venido a insistir en que debe cumplirse el compromiso con la tercera mujer: la joven Fedra, hermana de Ariadna e hija de Pasífae. Sin embargo, se dice a sí misma, el dios debe de haber notado que lo que ella provoca en las mujeres, una vez despertado por sus estímulos, sigue un recorrido autónomo, que escapa a todo control. Así, la libertad de amar se enfrenta con la mezquindad humana. ¡Ojalá los dioses renunciaran a intervenir en los asuntos de los seres humanos! Son frágiles, piensa, porque su psique se llena enseguida de malos pensamientos y deseos imprevistos. Lo que ella infunde en los corazones, sobre todo en los de las mujeres, es solo felicidad y alegría de amor. Sin embargo, el hombre lo transforma en violencia y sufrimiento.

—Estoy aquí, mi querida —declara Poseidón, arrimándose a Afrodita y caminando junto con ella—, para recordarte el tercer acto de mi venganza.

Afrodita quisiera liberarse pronto de la presencia del dios; todavía, como siempre, muestra autocontrol y buenos modales.

—Hasta ahora —precisa con dulzura—, las mujeres empujadas por la desbordante fuerza del amor han sido muy valientes: dispuestas a pagar personalmente por la explosión de pasiones por las que jamás dudaron ni por escrúpulos sociales ni por normas consuetudinarias.

—¿Y con Fedra? —pregunta Poseidón.

—Con Fedra hay que esperar; estamos ante un enredo familiar que lo complica todo aún más. Dicho esto, mi querido Poseidón, nos despedimos. Yo regreso a mis pasatiempos, y tú espera el curso de los acontecimientos. Al final, la historia trazará sus surcos, como un arado desbocado.

Puedo volver a abrazar a mi madre, pero he perdido a una hermana. Sombras han entrado en mí. Son sombras inquietantes, me provocan un gran temor. ¿Qué quieren de mí?

¿Acaso tengo que hacerme responsable por la huida de Ariadna? Es un remordimiento persistente, un gusanillo en la conciencia que no me da paz. Un sentimiento de culpa por algo que podría haber evitado y no hice.

Habría podido gritar, correr hacia mi padre Minos y advertirle de las intenciones de Ariadna antes de su huida.

Pero no lo hice. ¿Por qué? Yo amaba a mi hermana. Quizás también creí que, con el joven guerrero ateniense, ella encontraría la felicidad. Porque la felicidad, para una mujer, está en el amor.

¿O no? Sin embargo, la felicidad que trae el amor es la del deseo: desear el cuerpo, desear el abrazo físico. Eso fue lo que quiso con determinación Ariadna.

—¿Por qué guardaste silencio? —pregunta enfadado Minos ante sus hijos y dignatarios cretenses—. ¿De quién es la culpa de mi fracaso, el fracaso de Cnosos? La muerte del Minotauro es mi muerte. El Minotauro debía ser imbatible: era el símbolo de mi fuerza y de mi poder, por mar y por tierra. Nadie habría podido matar al monstruo, y menos aún estando en el Laberinto. El Laberinto y el Minotauro: dos realidades entrelazadas, imposibles de vencer. Si el hijo del rey de Atenas logró derrotar a esas dos fuerzas invencibles, ¿cómo pudo ocurrir sino porque alguien me traicionó? ¿Y quién, si no Dédalo, hombre de mente diabólica, al que yo acogí como huésped, fugitivo de Atenas y al que siempre recompensé por cada obra de ingeniería que favoreció el esplendor de Creta? Todavía su traición pudo funcionar porque disfrutó la debilidad de las mujeres, de mi esposa Pasífae y de mi hija Ariadna, incluso la complicidad de muchos de vosotros. Una responsabilidad la tiene también Fedra, mi hija pequeña, a quien amo mucho. Ella no me advirtió de las intenciones de su hermana Ariadna. Ahora estoy convencido de que debo encargarme personalmente de estos asuntos. En primer lugar, quiero castigar con la muerte a Dédalo, que huyó en cuanto se dio cuenta de que Teseo había matado al Minotauro. Intentó llevarse consigo a Pasífae, que se negó a seguirlo. Ya está lista una nave cretense para una larga travesía, porque sé que él se dirigió hacia el suroeste, hacia poniente. La nave partirá bajo mi mando. Aunque Dédalo lleva ventaja, contaré con la ayuda de Poseidón, que provocará una fuerte borrasca y lo obligará a ralentizar su rumbo. Creo que quiere alcanzar la isla Sicania. Tan pronto como lo tenga en mis manos, podré matarlo y así su muerte será mi venganza. Mis disposiciones por aquí son que Pasífae tiene que seguir quedándose cerrada en el Laberinto, que el cuerpo del Minotauro inmediatamente deberá ser incinerado para evitar más discusiones sobre su verdadera naturaleza, en cuanto que para siempre el Minotauro será recordado como un ser híbrido, por mitad toro y por mitad hombre. En fin, lo más importante es que declaro a mi hijo Deucalión mi sustituto en el gobierno de nuestra querida isla de Creta. Y eso hasta mi regreso, que espero muy pronto.

Mi padre me acusa gravemente. Acusa gravemente también a mi hermana Ariadna y a mi madre Pasífae. Mujeres engañadas por el arquitecto Dédalo. Mi padre me acusa porque no lo advertí de que Ariadna estaba traicionando a Creta, no lo advertí sobre la trama orquestada por Dédalo. Al momento, pero yo no entendí mucho. Yo miraba a mi hermana. Quería seguirla. Comprendí su deseo sexual, un deseo que también empezaba a despertarse en mí. Era un deseo físico. Ariadna siguió su instinto; Afrodita, por supuesto, fue su guía.

Ayudó a Teseo movida por el deseo de su cuerpo. No fue traición ni infidelidad. Yo guardé silencio por la felicidad carnal de mi hermana. Pero ahora ¿por qué continuar teniendo a mi madre Pasífae en la cárcel del Laberinto? ¿Por qué seguir castigando a una mujer que no tiene ninguna culpa? Quiero estar con mi madre. Quiero que me ayude a comprender el sentido de su amor paradójico y trágico. Pediré a mi hermano Deucalión, que tiene ahora el gobierno de Cnosos, que permita que nuestra madre salga del Laberinto. Hace mucho tiempo que Pasífae perdió su libertad. Mi padre fue malvado. Violento y malvado. Mi madre Pasífae tiene que estar libre. Necesito que ella esté conmigo. Mi hermano Deucalión, que tiene el mando en Cnosos, puede disponer que mi madre esté libre. Es una orden que él puede dar. Se lo pediré; ahora es él el rey de Creta.

Mi hermano Deucalión es un hombre apuesto. Lo quiero mucho. Le pediré también que derribe el Laberinto. Ojalá no se hable más de él; así, de ese modo, tampoco se hablará del Minotauro. Nadie en Creta ni en ninguna otra nación tendrá que recordar al Minotauro, que no fue un monstruo y murió siendo inocente.

—También Dédalo me engañó —me dice mi madre, después de un grandísimo abrazo, en cuanto ha podido salir del Laberinto—. Dédalo me engañó. Me dijo que mi dulce hijo podría encontrarse con el héroe ateniense, que él no lo mataría. Solo debía fingir que lo mataba para que pudiéramos huir y nadie volviera a hablar del Minotauro. Mi madre llora mucho. Yo sigo abrazándola. Para mi madre, su último hijo fue verdadera felicidad. ¿Por qué matarlo? ¿Por qué matarlo? —repite mi madre—. Y llora, y llora mucho. Tu hermano Deucalión —dice mi madre— me hace volver reina, pero yo soy infeliz. Ahora mi vida no ha sentido —confiesa mi madre.

—Pero puedes volver siendo mujer y madre. Ni vejez ni decrepitud: la vida puede aún invitarte a su belleza, como ya has experimentado y vivido, y tú puedes aún alcanzar los sueños.

—No —me dice—, este es un discurso válido para los jóvenes. Para ti, Fedra. Tú sí tienes que conquistar una felicidad que, espero, sea superior a la mía: una felicidad por amor, una felicidad en el placer sexual. No olvides este aspecto del amor —me exhorta mi madre—: el deseo como fuente de satisfacción sexual. Hay que creer en Afrodita, recurrir a ella, entregarse a sus brazos, tenerla siempre como aliada. Afrodita es la verdadera compañera de la mujer: aquella que siempre está dispuesta a ayudarte, que permanece a tu lado y te aconseja en los momentos más difíciles. Es el camino maestro hacia la felicidad.

La nave cretense, que regresa de la expedición en busca de Dédalo, huido hacia tierras ausonias, vuelve sin el rey Minos. Los tripulantes cuentan que el rey murió en Cámico, una aldea de Sicania gobernada por el rey Cócalo, reconocido por su gran hospitalidad hacia los extranjeros. Inmediatamente, Deucalión quiere saber los detalles de lo que ocurrió a los cretenses en la isla de Sicania y convoca en el palacio de Cnosos, en la sala del trono, a dignatarios y familiares. Todos deben conocer los últimos días del gran rey Minos, para quien ya se preparan los ritos funerarios, aunque no haya cadáver.

El relato lo ofrece sobre todo el hombre más anciano, quien fue el jefe de la retirada desde la isla de Sicania, tras la muerte del rey.

—Fue un terrible naufragio. Aquello que pedimos a Poseidón contra Dédalo, que ralentizara su huida en barco, se volvió contra nosotros: fuimos obligados a desembarcar en las costas de la isla Sicania, apenas salvándonos de una muerte segura. Cócalo, rey de la aldea de Cámico, vino hacia nosotros y nos recibió con gran hospitalidad. Sin embargo, negó haber acogido antes a Dédalo. Nuestro rey Minos no creyó en las palabras de Cócalo, juzgándolas mentirosas. Era necesario que nos pusiéramos a buscar al fugitivo. Sin embargo, el rey Cócalo logró convencer a Minos de darse un baño con agua caliente. Nadie de nosotros estuvo presente; lo acompañaron dos hijas de Cócalo, que, súbito después, anunciaron que el baño había provocado un malestar a Minos, tal que lo llevó a la muerte. Todo ocurrió rápidamente. Encontramos el cuerpo de Minos desnudo y aún mojado, yaciendo sin vida en el suelo, junto a la bañera llena de agua hirviendo. No supimos explicarnos lo que había ocurrido. Las hijas del rey Cócalo, únicas testigos, afirmaron que se había sentido mal. Muchos de nosotros pensamos que detrás de su muerte estaba la garra de Dédalo. Esto nos hizo sentir incómodos, por no decir asustados. Por tanto, aceptamos la propuesta del rey Cócalo de enterrar a nuestro soberano en su isla y, así, partir de inmediato para regresar a Creta lo más rápidamente posible.

—Vuestro comportamiento ha sido oportuno —comenta Deucalión con lágrimas en los ojos—. No había alternativa. El rey Minos cayó en un engaño y creo que el artífice fue Dédalo, quien, por supuesto, fue protegido por el rey Cócalo, a cambio de los servicios prestados. Mi padre quería vengarse matando a Dédalo, pero fue Dédalo quien terminó matándolo a él.

Después de guardar por unos momentos un silencio profundo, añade:

—Mi padre fue un gran rey, resuelto en decidir, que confiaba en la grandeza de Creta. Sin embargo, incluso cuando los acontecimientos personales podrían haber limitado su capacidad para gobernar la isla, supo guiar los asuntos con firmeza. Por supuesto, no merecía una muerte tan traicionera, y sería justo organizar una expedición para intentar capturar a Dédalo y aplicarle un castigo ejemplar. Sin embargo, es una hazaña muy difícil. No vale la pena. Es mejor olvidar por completo a un traidor y cobarde.

Otra vez Deucalión se para y otra vez guarda largo silencio. Todos los presentes hacen lo mismo: ninguno dice nada. Luego retoma su discurso, que para él es muy importante, porque debe defender su papel como sucesor al trono de la isla.

—Mi padre, a punto de partir en busca de Dédalo, me dejó como su sustituto. Por eso, ahora que él ya no regresa, me siento autorizado a posicionarme como su sucesor, obviamente con el acuerdo de mi madre Pasífae, que ha vuelto a ser reina de Creta. Así que finalmente, con su apoyo, puedo tomar el cetro del gobierno de Creta y nadie puede ya detenerme.

—¡Sí, pero un momento! —exclama con voz firme Pasífae, poniéndose de pie y volviéndose hacia su hijo Deucalión, sin soltar en ningún instante la mano de su hija Fedra—. Yo te apoyo como rey de Creta, pero sobre la base de un programa político muy claro que debe ser el siguiente: en primer lugar, demoler inmediatamente el Laberinto, para que la vergüenza de esta estructura sea borrada y que sea olvidado el Minotauro. En segundo lugar, abrir oficialmente una investigación sobre nuestra hija Ariadna, para aclarar cómo sucedió que siguió a Teseo en la huida, si fue obligada o por libre elección, y luego cómo y por qué fue abandonada en la isla de Naxos, y finalmente iniciar en todas las naciones que se extienden hacia el mar que rodea Grecia una política de pacificación para que la paz, y no la guerra, sea el motor del desarrollo económico y del progreso. Los cretenses siempre se han comprometido para que los hombres y las mujeres lograran la felicidad en la vida.

—Haré todo lo que quieras, madre —exclama con satisfacción Deucalión—. El papel político que representas es también el mío. También yo busco la paz, también yo creo que cada vez más la paz sea motor de desarrollo económico y social, y no la guerra. Creta ya ha sido la pionera de la civilidad griega, pero aún más lo será por el porvenir. Por eso apoyo totalmente tu programa político. Te digo súbito que ya mañana por la mañana empezará el derribo del Laberinto, que en el lapso de unos meses ya no existirá y del Laberinto y del Minotauro nadie hablará más. Además, formaré una comisión de investigación que yo mismo guiaré para hacer claridad sobre lo que ocurrió a la pobre Ariadna, y te prometo que, por actuar bien, la investigación la llevaré hasta Atenas y hablaré directamente con Teseo, que sé que ahora es el rey de la ciudad. ¿Quién podría ser mejor testigo que Teseo para que se pueda comprender la verdad sobre lo que ocurrió con Ariadna aquí y en la isla de Naxos?

—¿Teseo testigo? ¡Es absurdo! —objeta Pasífae.

—No, madre, no es absurdo —responde—, porque me han llegado noticias muy significativas sobre él. Lo describen como un rey valiente y digno para Atenas. Después de la trágica muerte de su padre Egeo, me cuentan que asumió el gobierno con determinación, derrotando a quienes querían apoderarse del cetro. Ahora está combatiendo contra el pueblo guerrero y salvaje de las amazonas, creando una defensa en favor de las naciones civilizadas y, por tanto, también a favor nuestro.

—Teseo no puede ser testigo de lo que ocurrió a Ariadna, tampoco puede ser estimado como defensor de la civilización, porque él es un asesino, un violento, ha matado a mi hijo inocente.

—Madre, no seas tan severa con el nuevo rey de Atenas. Es cierto que antes fue nuestro enemigo, pero ahora debemos considerarlo nuestro aliado.

—No estaré nunca de acuerdo con estos pensamientos tuyos, hijo mío. Tienes que abrir los ojos y saber desenmascarar a los hombres violentos. Y Teseo es un hombre violento.

Deucalión parece estar en dificultad ante su madre; la diferencia en la evaluación de Teseo podría ser un obstáculo para una política de alianza entre las naciones de Grecia. Por eso, intenta buscar un compromiso.

—Actuemos así: una delegación nuestra, encabezada por mí mismo, irá a Atenas para reunirse con Teseo. Le pediré que emita un comunicado oficial sobre lo ocurrido, de modo que se aclare la verdad. Luego firmaré una alianza política y económica con Atenas.

—De esta manera nunca se hará justicia. Solo puedo esperar que los dioses finalmente acaben con los malvados. Por eso, considero que la muerte de su padre fue una venganza divina: se dejó morir arrojándose desde el cabo Sunión al ver las velas negras del barco de su hijo, creyendo que Teseo no había regresado triunfante de Creta. ¿Por qué Teseo, cuando zarpó de Naxos, se olvidó de cambiar las velas por las blancas para señalar su éxito con el Minotauro? ¡Te digo yo por qué! Porque él usó violencia contra mi hija Ariadna, después de matar a mi hijo indefenso. Esta perversidad le hizo olvidar su amor filial.

Acaso mi madre tenga razón. Pero también la política tiene sus razones. Me gustaría una paz con Atenas, me gustaría poder visitar la ciudad. Me gustaría encontrar otra vez a Teseo. Teseo despertó el deseo sexual en mi hermana Ariadna y también en mí. ¿Por qué? Fue la hermosura de su cuerpo. Es el cuerpo que habla con nosotras en lo profundo de nuestro inconsciente. Me gustaría volver a ver a Teseo, incluso si pasa mucho tiempo. Sí, su hermosura también me impresionó. Es por la política por lo que se quiere hacer alianza con Teseo. Mi hermano Deucalión tiene razón. La paz con Atenas es fundamental para el desarrollo de la civilidad. Atenas y Creta juntas. Volver a ver a Teseo… me gustaría mucho. Recuerdo las líneas de su cuerpo masculino. Recuerdo a mi hermana Ariadna: estaba encantada. También yo estuve encantada. Ahora mismo estoy encantada por la imagen de él que tengo en mí. ¿Estoy autorizada a hacer esto? ¿Puedo tener dentro de mí este deseo?

—No debes temer lo que es legítimo o no en el deseo sexual —me reconforta Afrodita—. Ahora el deseo toma la forma imaginaria de un cuerpo masculino, y ese cuerpo es el de Teseo, tal como lo recuerdas desde la primera vez que lo viste. Ha llegado el momento de encontrarlo. No tengas miedo: pídele a tu hermano que te incluya en la delegación que va a Atenas. Únete a ellos… y deja salir lo que llevas dentro.

—Quiero unirme a la delegación cretense —declara con voz resuelta Fedra, mirando a su hermano Deucalión—. Quiero ver Atenas y conocer la verdad sobre Ariadna.

—¿Qué es eso, Fedra? —grita inmediatamente Pasífae.

—Estoy cansada, madre, de que siempre me dejen de lado con la excusa de que aún soy pequeña. Ahora soy mayor y, aunque sea mujer, quiero participar en estos acontecimientos de grandes cambios.

—Creo que tienes razón, Fedra —declara convencido Deucalión—. Puedes unirte a nosotros, incluso siendo una mujer joven.

—Yo no estoy de acuerdo —acosa Pasífae— y me opongo a que mi hija vaya a Atenas y esté en contacto con un hombre malvado y violento.

—Tenemos que superar nuestros prejuicios y antipatías hacia quienquiera si queremos la paz y construir una red de alianzas y colaboración con otras naciones. El rey de Atenas estará a la altura de su papel institucional.

Deucalión parece decidido a acoger la petición de su hermana Fedra. Pasífae añade:

—Teseo no será jamás a la altura de ningún papel. Más bien, debería ser procesado por asesinato y agresión sexual.

¿Qué es el tiempo? ¿Días, semanas, años? No sé cuánto ha pasado desde que mi hermano decidió enviar una delegación a la ciudad de Atenas. Ni siquiera creo que eso llegue jamás a buen término. Deucalión, sin embargo, siguió manteniendo contacto con el rey de Atenas y mostrando interés por los motivos del abandono de Ariadna en la isla de Naxos. Pero no creó ninguna comisión de investigación ni comprobó los hechos, sino que se basó únicamente en lo que Teseo contó a los diversos mensajeros cretenses. Estoy muy decepcionada; Afrodita esta vez me descuidó. Queda una imagen y el fuego que arde dentro de mí.

—¿Por qué te desesperas, Fedra? —me pregunta Afrodita—. Yo estoy siempre a tu lado. El deseo que te quema pronto estará satisfecho.

—El tiempo transcurre —digo yo—. La belleza se puede deteriorar. Quisiera ver a Teseo; ahora deseo su cuerpo.

—Así ocurrirá, y tan pronto —me anima Afrodita—. Podrás disfrutar de la belleza del cuerpo de Teseo durante mucho tiempo, porque se abre para ti una nueva temporada de placer y sexo.

—¿Y esto cómo es posible? —pregunto—, si la delegación hasta ahora no está activada. Creo que nunca irá a Atenas.

—Irá, irá —me dice Afrodita—. Pero no será una delegación de investigación, sino una delegación de acuerdo político y de boda.

—¿De boda? —pregunto excitada.

—¡La boda atañe a ti y Teseo!

—¿A mí y Teseo?

—¡Sí, a ti y Teseo!

—Eso significa que no solo puedo mirar el cuerpo de Teseo, sino que puedo abrazarlo, apretarlo. Que él puede entrar dentro de mí, puede ser mi amante. ¡Qué noticia estupenda! Pero me resulta difícil de creer —confieso.

—Así que serás recompensada —precisa la diosa— por el largo tiempo de espera, durante el cual tu deseo estuvo bajo presión. Tienes que creer en lo que te digo, y pronto disfrutarás de los placeres del sexo.

Deucalión adopta un tono moderado y diplomático.

—Madre, no tienes por qué tener miedo. El Laberinto dejó de existir hace ya mucho tiempo y Teseo puede convertirse definitivamente en nuestro aliado. Ahora solo se trata de consolidar el acuerdo que tanto tiempo costó alcanzar, y no hay nada más efectivo que un matrimonio político.

—¿Qué quieres decir ahora? ¿De qué boda estás hablando? —pregunta inquieta Pasífae, que añade—: creo que ya has notado lo difícil que fue llevar a cabo las largas negociaciones con Teseo. Deberías haberte detenido desde el principio.

—El matrimonio entre Teseo y mi hermana Fedra —declara Deucalión con voz vacilante— consolidará nuestra alianza.

—¿Qué? —grita Pasífae—. ¿No fue bastante la violencia contra nuestra Ariadna? ¿Quieres entregar a la delicada Fedra a su verdugo? Nunca jamás aceptaría ese matrimonio de conveniencia.

—¡Ya está aclarada la verdad sobre Ariadna! —confiesa débilmente Deucalión, tras un silencio reflexivo.

—¿Cuál es esa verdad? Si es la de Teseo, no puede ser verdad, sino mentira —afirma la reina.

—La verdad es que Ariadna primero nos traicionó a nosotros y luego al propio Teseo, a quien ayudó a salir del Laberinto —declara ahora con voz más firme Deucalión—. Una vez en la isla de Naxos, ella se negó a seguirlo a Atenas, por un viraje insensato, prefiriendo la muerte.

—Es algo absurdo. Es distorsionar la verdad.

—No, madre, yo creo en Teseo. Las mujeres son inconstantes y a menudo cambian sus sentimientos. Espero que el carácter de Fedra sea diferente y que su matrimonio dure en el tiempo, porque se une con Teseo no solo por amor, sino también por razones políticas. Quiero que mi hermana exprese ahora su opinión y prometa solemnemente que será una esposa fiel.

—No me duele convertirme en reina de Atenas —declara de manera firme Fedra, que hasta ahora se ha quedado silenciosa aparte—. Si por mi elección le llega un bien a Creta, estoy encantada de secundar a mi hermano. Recuerdo a Teseo cuando llegó aquí, a Cnosos. No compartí la ayuda que Ariadna le ofreció para sacarlo del Laberinto, pero me di cuenta de que podría ser algo bueno seguir al héroe hacia Atenas. No sé por qué luego no cumplió su promesa. Yo no lo habría hecho. Una mujer debe ser fiel hasta la muerte a su varón. Yo lo seré. Mi hermano Deucalión puede confiar en mí: mi comportamiento con Teseo será muy distinto al de Ariadna. Antes la muerte que el engaño o la traición.

Pasífae está ahora fuera de sí.

—¿Entonces, hija mía, quieres aceptar esta boda política que, ya sé, será una boda de sangre? Así compartes las mentiras que Teseo ha difundido sobre Ariadna. Así crees en la falsedad de que fue voluntad de tu hermana quedarse en la isla de Naxos, y no, por el contrario, que fue abandonada con violación por el ateniense. ¿No te preocupas de que él pueda hacerte lo mismo? Te diré más, incluso aquello que tu hermano calla. Ya se dice que tiene a otra mujer que aspira a convertirse en su esposa y reina: una amazona llamada Antíope, una mujer salvaje. Como aún no ha logrado cambiar las leyes atenienses, no se ha unido formalmente con ella, aunque dicen que con su amazona tuvo un hijo, Hipólito, que ahora vive en Trecén, lejos de Atenas, en una especie de exilio forzado.

—Lo siento, madre —exclama finalmente Deucalión—. Las cosas han avanzado demasiado. Las negociaciones ya han terminado. En breve, una nave griega llegará para llevarse a Fedra y conducirla a Atenas, donde se celebrará la boda. Teseo quiere que haya una gran fiesta para resaltar la importancia de la nueva alianza entre las naciones ateniense y cretense. Es una elección política de poder, pero también de paz.

Pasífae está desesperada; no le queda más que intentar atemorizar a su hija respecto al deseo sexual femenino.

—Te casarás con un hombre —dice con un tono forzadamente tranquilo y pensativo— al que viste hace muchos años y cuyo cuerpo ya no será el mismo; incluso podría resultarte desagradable. La vejez es aburrimiento y decadencia. Deberías amar a un joven de tu edad.

—Madre, el amor va más allá del placer sensorial. Seré reina, y mi eros estará en armonía con el papel que me corresponde.

Pero esta no es la verdad. Dentro de mí, en lo más profundo de mi psique, arde un deseo inconfesable por el cuerpo de Teseo. El amor se fundamenta en el placer sensorial. Sí, quiero ser reina; sí, quiero contribuir a la paz entre las naciones; sí, es mi intención mantener un perfil correcto y útil… pero el verdadero interés es el cuerpo de Teseo, por un fuerte deseo sexual que late y amenaza con estallar. Mi boda política es ante todo una unión sexual, destinada a procurarme la satisfacción de un placer sensorial. La diosa Afrodita me apoya y me sostiene y me da coraje para realizar aquello que guardo en mi interior y que debe permanecer protegido por el secreto más absoluto. Siempre es así: tenemos deseos que deben permanecer ocultos y que, para ser satisfechos, nos obligan a seguir caminos tortuosos y aparentemente justificados. No es verdad que no me importe si el paso del tiempo afecta la belleza física. Me dolería que el cuerpo de Teseo hubiera perdido realmente su esplendor, que los signos de la decadencia hubieran alterado su perfil de hombre deseado y apasionado. Me preocupa profundamente que el cuerpo de Teseo ya no corresponda a mi imaginación, y también que el tiempo haya comenzado a dejar huellas en él. Sin embargo, sigo creyendo que un cuerpo puede continuar despertando deseo si mantiene perfiles de placer. Así fue con Ariadna cuando él era joven, y así será ahora conmigo, en su madurez. El deseo no me fallará... Creo en lo que he construido dentro de mí y Afrodita me ayudará. Iré hacia Teseo, me acercaré a su lecho y el deseo sexual me dará alegría.

Mientras Teseo se dirige al puerto de Atenas para acoger de manera formal, pero también jovial, la llegada del barco que finalmente trae a su prometida, recibe la noticia de que la amazona con quien vive, Antíope, ha huido de Trecén, dejando a su hijo Hipólito bajo la vigilancia de sirvientes de confianza.

—¿Quiere llegar a Atenas? —pregunta preocupado Teseo al mensajero que le ha traído la información.

—No, mi señor. Un equipo de armados la siguió sin perderla nunca de vista. La amazona parece que quisiera alcanzar a su pueblo al norte de Grecia.

—¿Por qué tomó esa decisión? —pregunta Teseo, como si a sí mismo.

—Alguien —refiere el hombre— oyó a la amazona gritar mientras salía a la calle que nunca permitiría al rey de Atenas celebrar la boda con una mujer extranjera en su lugar. El ritual del Himeneo debía ser el suyo, porque Teseo ya se había acostado con ella, y ella le había dado un hijo. El derecho a ser reina le pertenecía.

Teseo comenta en voz alta, preso de una fuerte agitación:

—Sin embargo, ya le había advertido que esta boda era por razones políticas, destinada a sellar una alianza con nuestra antigua enemiga, Creta. Ella habría seguido siendo mi amante, como lo ha sido hasta ahora, e Hipólito habría conservado su condición de hijo del rey con todos los derechos. Pero su naturaleza salvaje no le permite ver la realidad política, y ahora quiere atacarme.

Tras un momento de incertidumbre, ordena a sus sirvientes:

—¡Deteneos aquí! Antes de continuar hacia el puerto, que una escuadra de soldados armados y valientes me escolte. Temo que las amazonas regresen para atacarnos.

Pronto llegan refuerzos y Teseo reanuda su camino dirigiéndose hacia el muelle donde ya está anclado el barco que ha transportado a Fedra desde Creta. Teseo sube a la nave y va al encuentro de la joven cretense, a la que se dirige con aparente afabilidad.

—Bienvenida, princesa, estoy muy feliz de compartir mi reino contigo. Con esta boda no habrá más guerra entre Creta y Atenas.

—Yo también estoy muy contenta de estar en Atenas —dice Fedra con un hilo de voz, presa de una gran agitación.

—Desgraciadamente —informa en seguida de manera presurosa Teseo—, un peligro se cierne sobre Atenas por parte de las guerreras amazonas, que representan un auténtico azote para el mundo civil. Debemos apresurar la boda y tomar medidas para contrarrestar cualquier ataque potencial.

Siempre hay una fractura entre imaginación y realidad, entre expectativa y su puesta en escena. A mí no me interesa ser reina de Atenas, a mí no me interesa la paz entre las dos naciones ateniense y cretense; yo acepté hacer por la mar un viaje agotador con una tripulación extranjera para ir sola a una ciudad extranjera, no por grandes ideales, sino para que realizara un sueño sencillo y humano, apoyado por la diosa Afrodita: ver y abrazar al cuerpo de Teseo. La boda es una invención humana, pero nace de una necesidad instintiva de deseo y pasión. Por eso estoy aquí, no me importa nada más. Las amazonas no me dicen nada, de sus guerras no sé qué hacer. Teseo, el cuerpo de Teseo. Quiero acercarme pronto a él. Quiero verlo bien. Quiero coger sus líneas. En qué medida el tiempo ha actuado. Hasta qué punto lo ha tocado, lo ha cambiado, lo ha pesado, lo ha embrutecido, como mi madre Pasífae antes de partir me dijo que habría experimentado. Y ahora estoy aquí por eso. Aquí lo tengo, frente a mí está mi hombre, tan anhelado, tan imaginado a través de un recuerdo que se desvaneció con el tiempo y yo fortalecí con mi deseo sexual obsesivo. Lo veo, lo veo a este cuerpo masculino, lo veo lejos, ahora más de cerca, me habla, no escucho, estoy solo atenta por verlo: este momento llegó al punto más alto de mi joven vida. Después no sé. Ahora estoy aquí. Ahora mantengo a mi hombre al frente. Todavía en este momento sombras envuelven el cuerpo de Teseo, sombras que vienen del mar, sombras que vienen de las colinas, densas sombras negras. No me dejan ver bien para distinguir las excitantes líneas de su cuerpo masculino. Todo se desvanece, todo se pierde. La imagen real de Teseo toma la de mi mente. No lo reconozco. No es él. No puede ser él: el de mi mente, el de mi imaginación, el de mi cerebro, el de mi corazón. ¡Alejaos, malditas sombras, alejaos de mi hombre! No te reconozco, mi deseo. ¿Por qué este gran salto? ¿Para caer dónde? Conviene entonces que mantenga dentro de mí a mi hombre soñado, a mi hombre imaginado, y que el que está frente a mí no me lo robe, no me lo convierta en alguien que apaga deseos y sueños. El tiempo desgasta; no amo la vejez, no amo la decrepitud. No quiero acostarme con quien ya vivió su juventud. Afrodita me engañó.

—No te engañé —me dice Afrodita—. Yo despliego las ocasiones de vida, pero no mando sobre la vida de cada uno. La vejez no me pertenece, llega inesperada.

La caravana con la joven cretense parte rápidamente desde el muelle hacia la ciudad ateniense para llegar al palacio real y poder celebrar una boda apresurada.

No hay convocatoria popular para aclamar a la nueva reina, no hay suntuosos banquetes preparados ni autoridades políticas y artísticas dispuestas a recibirla, solo hombres armados que controlan los rincones de las calles y las plazas atenienses.

Llegado frente al palacio, Teseo grita a todo pulmón:

—Date prisa, empecemos sin demora el ritual del Himeneo. Esta boda tiene que acabar cuanto antes: la esposa ya está conmigo, la alianza entre Atenas y Creta se ha cumplido. No perdamos más tiempo.

Demasiado tarde: gritos violentos y animalescos anuncian un ataque repentino de las amazonas que han entrado por sorpresa desde un lateral del patio mal vigilado del palacio real.

—¿De dónde vinieron estas salvajes? ¿Por qué no las detuvisteis antes? —maldice Teseo a sus hombres con desesperación, al encontrarse desprevenido para este choque repentino.

No hay tiempo para respuestas, porque se alza la voz de Antíope, que, fuera de sí, precede al grupo de guerreras gritando:

—¿Dónde estás, rey perjuro y traidor? ¡Ten ahora el valor de enfrentarte a mí no con el engaño del amor, sino con el filo de la espada! Quiero hundir la punta de mi arma afilada en tu pecho y demostrarte que tu cuerpo está desprovisto de cualquier sentimiento.

—En nombre de nuestro hijo Hipólito —chilla con la voz más alta posible Teseo—, detente, Antíope, entrega tu arma y ríndete. No permitas que esta carnicería continúe; tú estás en contra de todo orden de civilización. Intenté hacerte perder tu estado salvaje, pero veo que todo fue en vano.

Antíope se abalanza sobre Teseo e intenta clavar la hoja de su espada en su costado. Pero él, con un gesto brusco y repentino, le agarra la muñeca y desvía el golpe, haciendo que la hoja se hunda en el cuerpo de la propia amazona. Antíope muere por su propia mano.

—Has sido una mujer bárbara y violenta —despotrica Teseo mientras sostiene su cuerpo—. Así recibiste tu castigo.

Luego, tras tender en el suelo el cuerpo inerte, se vuelve hacia las amazonas y grita:

—¡Marchaos! Levantad el asedio y volved a vuestras tierras salvajes. No intentéis entrar nunca más en una ciudad como Atenas. Antíope, que fue antes mi prisionera de guerra, será ahora honrada por mí como guerrera valiente y recibirá los honores de las armas.

Sombras cada vez más espesas y negras envuelven el cuerpo de Teseo con manchas rojas. No es mi hombre. Teseo no es el cuerpo deseado. Es un cuerpo feo y viejo. No quiero acostarme con él. Quiero volver a mi Creta. No debía aceptar bodas políticas. Estas son bodas de sangre. No quiero acostarme con él. Teseo es mi enemigo. No deseo su cuerpo. ¡Cuerpo feo y sangriento! Miro sus líneas: son líneas de muerte. Huele a muerte. Quiero volver a Cnosos, a mi casa. No quiero ser reina de Atenas. Atenas es una ciudad enemiga. No me interesa la paz entre Atenas y Creta; mi interés era por el cuerpo de Teseo. Ahora, pero, es un cuerpo de sangre, mis bodas no son políticas, son bodas de sangre. Quiero volver a Creta, no amo a Teseo, no quiero ser la esposa de Teseo, no me interesa el pacto que mi hermano Deucalión estipuló con Teseo. Deucalión me vendió a Teseo. Fue un pacto entre hombres, así que fui moneda de cambio. No quiero acostarme con Teseo. No quiero ser reina de Atenas. ¡Alejaos, alejaos de mí, sombras traicioneras!

Mientras las amazonas, privadas de su líder, se retiran, Teseo, todavía cubierto de sangre, toma de la mano a la asustada Fedra y le dice:

—Ven, ahora mismo celebremos nuestro Himeneo y olvidemos lo que sucedió. Empecemos el nuevo recorrido de nuestra vida después de esta boda tan alborotada.

El cuerpo masculino se extiende pesado y vulgar junto a los miembros blancos de la joven mujer para un abrazo que desde el principio parece violento y apresurado. La mujer está sometida a una pasividad intolerable; el sufrimiento físico la aleja de los caminos del placer, haciendo imposible el orgasmo.

Lo que está ocurriendo no es mi deseo, es violación, verdadera agresión sexual sin mi consentimiento. Un cuerpo que deseé en mi imaginación se pone ahora viejo, feo y violento. Ni cariño ni amistad, solo brutalidad. El sexo no puede ser violación, Teseo no puede ser mi hombre. Es un extraño, viejo y repelente. Me siento muy mal, tengo ganas de vomitar. Quiero ir a casa. ¿Qué hago aquí, prisionera de un rey que no conozco? Yo no amo a Teseo, no quiero acostarme con él, no quiero el Himeneo con él. El peso de su cuerpo me aplasta. Sus movimientos me causan dolor. Hay solo violencia sin palabras.

—Por supuesto, eso que estás viviendo no es la satisfacción de tu deseo —me conforta Afrodita—. Llegará el tiempo para que tu deseo estalle. El placer estará completamente en tu deseo, sostenido por senderos desconocidos de la psique, los que podrás conocer y cruzar.

—Sin embargo, lo que estoy sufriendo es insoportable —digo yo—. Aquí no hay sexo ni sentimiento de amor. Aquí hay solo violación.

—El hombre con el que estás —añade la diosa— no posee ni sensibilidad ni dulzura y se expresa, en las relaciones sexuales, solo con violencia y analfabetismo sentimental. Pero llegará un momento distinto, en el que podrás redescubrir una riqueza de sensibilidad y placer erótico. Desgraciadamente, el matrimonio no siempre responde a razones sentimentales y las razones no sentimentales no siempre se pueden transformar en razones sentimentales. Por eso, debes ser paciente con tu deseo. Ahora tu vida amorosa está ligada a ese hombre con quien te casaste por razones políticas, alguien de quien podrías haberte aprovechado sexualmente si hubiera estado acorde con la idea que tenías de ti misma. Pero no fue así. Serás esposa y madre, y tendrás hijos, aunque no sucederá como en muchas mujeres que, durante toda su vida, no disfrutan de los deseos y placeres que yo infundo. Tú, en cambio, los conocerás y podrás disfrutarlos plenamente bajo mi protección.

6

Anatomía del deseo

Teseo, de inmediato, se me ha revelado como un marido desatento, sin ningún gesto de ternura hacia mí. Me siento como si viviera en una cama inhóspita y llena de espinas. Cada abrazo suyo es violento y apresurado. Ahora odio abiertamente a Teseo y a la ciudad de Atenas. Solo quisiera regresar a Creta. Pero mi hermano Deucalión dejó claro que se opone a cualquier plan de regreso y presume del gran éxito político por este matrimonio con el rey de Atenas que él favoreció.

Sin embargo, los dos hijos que di a la luz me hacen olvidar la nostalgia por mi patria. Teseo no ve mi silencio impenetrable, no lo acoge, lo ignora. Para él, ahora soy solo la madre de sus hijos, a quienes debo cuidar sin pensar en nada más.

—Creo que es hora de que conozcas al hijo de la amazona, Hipólito, que ya ha crecido. Está en la edad de la conciencia. Joven honesto e irreprochable, criado en Trecén, siempre me ha mostrado respeto y en cada encuentro su orgullo me ha traído una gran satisfacción. Deseo que por fin también tú puedas apreciarlo y así contarlo entre nuestros hijos. Él también, junto con Acamás y Demofón, nuestros dos pequeñitos, forma parte de la familia y puede convertirse en mi heredero en el gobierno de Atenas.

Teseo se muestra por primera vez dulce y agradable: hablar de su hijo Hipólito lo enardece. Fedra está muy feliz por ello, sobre todo porque finalmente podrá conocer al joven que vive lejos y que ella siempre había imaginado como un bárbaro huraño. Después del violento ataque de las amazonas y de Antíope, durante su boda con Teseo, no hubo más ocasión para comentar lo ocurrido ni hablar del hijo de Teseo y de la amazona. Solo sabía que vivía de manera muy retirada en el pueblo de Trecén.

—Con mucho gusto conocería al joven Hipólito. Tras la muerte de su madre, él también es ahora mi hijo. Lo querré como a Acamás y Demofón. Podrá venir a vivir con nosotros y ayudarte en los asuntos políticos.

—No, eso no. Debe quedarse en Trecén, un pueblo hermoso donde también yo viví buena parte de mi juventud. Además, allí cuenta con excelentes pedagogos para su educación. En ese entorno, el joven puede satisfacer sus intereses por la caza. Persigue liebres y jabalíes con sus perros, y está enteramente entregado a la diosa Artemisa, la única a la que venera entre las divinidades del Olimpo.

—Sin embargo, ¿el joven Hipólito, dada su edad, no debería interesarse por la diosa Afrodita?

—No, para mí va bien así —contesta Teseo contrariado por las observaciones de la mujer. Y añade—: Para un joven los artes de la caza y el rechazo de la debilidad femenina de la seducción son verdadero gimnasio para la vida militar. E Hipólito será gran guerrero, héroe fuerte e invencible. Por ende, lo acogeremos por unos días en el palacio real de Atenas, pero pronto volverá a Trecén para reemprender su vida pura y rigurosa.

—Como quieres, mi señor. Sin embargo, agradezco poder actuar con él como una madre indulgente y cariñosa. No le faltará nada: atenderé sus necesidades y cuidaré su alimentación.

—No hace falta tanto cuidado —precisa Teseo—. Además, el joven es muy esquivo y podría irritarse por ese interés, especialmente si viene de una mujer.

—Está bien. Pero deseo que Hipólito me vea no como a una extraña, sino como a una madre.

Por fin hay una novedad. Podré respirar aire juvenil. Pero tengo que esperar. Me angustia la idea de encontrar al joven Hipólito. Tal vez habría sido mejor que mi mundo familiar se limitara solo a Teseo y nuestros hijos. Me inquieta encontrar al hijo de una madre bárbara. ¿Cómo puede él odiar a las mujeres? ¿Cómo puede ignorar a la diosa Afrodita y venerar solo a Artemisa? Siento una creciente ansiedad al pensar en ese encuentro con Hipólito. ¿Habrá aceptado que yo ocupe el lugar de su madre?

En lo profundo de mi alma, me alegra la idea de encontrar al joven bárbaro; me alegra percibir el aroma de la juventud. Teseo, en cambio, sigue siendo viejo e insoportable: no sabe lo que es el eros. Con él, la vida carece de felicidad.

Hipólito, en cambio, ¿podría entregarme destellos de luz?

Encontrarlo me provoca angustia. ¿Él me aceptará?

¿Podré mostrarme mujer capaz de ofrecer el cariño materno, aunque adoptivo? ¿O busco algo? ¿Qué puedo buscar en un joven bárbaro que odia a las mujeres?

Me provoca angustia presentarme ante Hipólito. Me gusta la idea, pero hay algo que me agita en lo profundo de mi psique. No obstante, quiero verlo, quiero encontrar al joven y mostrarme como su madre adoptiva. Estoy cansada de la violencia y de la vejez de Teseo, ese hombre que apagó mi deseo. El deseo es vida, es aliento.

Nadie puede vivir sin deseo. Y Teseo lo apagó en mí. Quiero encontrar al joven Hipólito, pero este momento me angustia. ¿Me aceptará?

Teseo me violó. Ya no tengo deseo. Encontrar al joven me angustia.

Agradezco la posibilidad de verlo. ¿Podré lograr que me acepte?

—Es muy importante que, después de los sacrificios a las diosas Atenea y Artemisa, vayas al encuentro de Hipólito —explica Teseo a su esposa, que está dudosa por cómo se está planeando la presentación del joven ante los atenienses y por el rol que ella va tomando en lo que es una verdadera y propia puesta en escena—. Debe servir para mostrar la sumisión de la mujer al hombre, y también para que, ahora que eres su nueva madre, parezcas una mujer disponible y acogedora. En presencia de ciudadanos y autoridades atenienses, bajarás los escalones, te acercarás al joven, lo abrazarás y lo traerás a mí.

—Habría preferido tener primero un contacto más privado y confidencial con el joven —le confiesa con temor Fedra a su marido—. Me habría gustado que me aceptara y luego salir públicamente. Pero, si deseas seguir adelante con esta ceremonia, me adaptaré y espero tener éxito en mi tarea.

—Tiene que ser así, no hay mucho tiempo. Hipólito deberá regresar a Trecén lo antes posible.

Teseo cierra cualquier posibilidad de prolongar el enfrentamiento.

Aquí está el joven Hipólito: avanza entre la multitud de atenienses que quieren saludarlo. Noto que su padre se alegra por esta bienvenida; quizás ve en ella ya las bases de un futuro prometedor como rey de Atenas.

Creo que el hijo de la amazona quiere mostrar orgullo ahora que tiene una nueva madre. Nadie podrá objetar nada: Hipólito es ciudadano como los demás atenienses.

Estoy maravillada por una belleza física tan insistente que nunca habría imaginado. Hipólito posee líneas sublimes: es una escultura viviente de la perfección masculina.

Ese cuerpo, que aparece entre la gente al atardecer en esta pequeña plaza frente al palacio real, está iluminado por los rayos del sol poniente, que parecen inclinarse ante tal majestuosidad. Pero no es solo un ideal físico: me parece que el hijo de la amazona expresa tal dignidad humana y una espiritualidad divina que obligan a sus allegados a formas de reverencia y adoración. ¡Hipólito me parece un dios! En lo profundo de mí, siento un magma que me aprieta y me quema. Quisiera irme, escapar de esa visión que lo abarca todo.

—Fedra, sal pronto al encuentro de mi hijo —ordena Teseo muy emocionado y satisfecho por cómo se está desarrollando el rito tan deseado.

Fedra baja despacio la escalera; su belleza femenina está cuidadosamente contenida en un modesto peplo, como lo exigen las circunstancias para una madre que acoge a un hijo ausente durante mucho tiempo.

Todas las miradas se dirigen hacia ella, atentas a sus próximos gestos.

Los dos cuerpos se acercan, son chispas de luz en un atardecer que dura más de lo habitual. Hipólito se para, no quiere avanzar más: es la mujer quien tiene el deber de acercarse al hombre. Eso debe representar la verdadera postura de sumisión de la mujer al hombre.

—Bienvenido a la ciudad de tu padre.

La voz de Fedra es apenas perceptible, tanto que no llega a los oídos del joven, que empieza a irritarse.

La mujer está bloqueada, no sabe qué hacer. Vuelve la mirada hacia el marido, que parece decirle: adelante, abraza al joven, como ocurre entre madre e hijo.

Entonces es Hipólito quien toma la iniciativa: está en presencia de su madre adoptiva y, según la costumbre, es el hijo quien debe besar en la mejilla a la mujer. Un beso casto y cariñoso.

—Esta es la única vez —quiere aclararlo el joven— que me permito besar a una mujer, porque eres mi madre, aunque sea adoptiva. En cualquier otro caso, jamás besaría a una mujer.

—El beso de una mujer —subraya con hilo de voz Fedra— es un don que Zeus concede a los mortales.

No hay tiempo para otras palabras. Teseo ordena que los hijos pequeños, Acamás y Demofón, sean llevados ante su presencia y que su esposa acompañe al joven hasta él.

—Ahora —así declara el rey de manera pomposa—, nuestra familia está reunida y nos mostramos fuertes y unidos ante los ciudadanos de Atenas.

Fedra, subiendo la escalera, permite que Hipólito la supere y que rápidamente se acerque al padre, poniéndose a su lado izquierdo, como han hecho al lado derecho los dos hijos pequeños empujados por la nodriza.

Fedra es la última en alcanzar al marido y, abriéndose paso, se coloca entre Teseo e Hipólito.

Al hacerlo, su cadera roza la de Hipólito: parece un contacto involuntario, pero ella no hace nada por alejarse; más bien acentúa la cercanía, mientras el joven hace todo lo posible para distanciarse de ella.

—Esta, ciudadanos de Atenas, es la familia real. Junto con vuestro rey veis a sus hijos, herederos legítimos del trono.

La atención de los presentes se centra en el gesto teatral de Hipólito, que se aleja del lugar donde Fedra estableció contacto y se acerca a los dos hijos menores del rey. Este gesto le da a Teseo la oportunidad de añadir:

—Hipólito ha hecho bien en situarse junto a sus hermanos, pues, aunque fue criado en Trecén, es ateniense como ellos.

Ovaciones, aplausos y gritos de alegría coronan la conclusión de la representación política de Teseo. La distribución de las carnes de los sacrificios rituales concluye el evento de forma fastuosa.

Al regreso de la familia a las habitaciones del palacio real, comienza un banquete con abundante comida y vino. Timbales y coribantes animan la velada con una exaltación casi orgiástica. Bailarinas asiáticas, luciendo cuerpos suaves y sensuales, bailan frenéticamente, atrayendo la atención de los invitados.

—Basta ya, padre —grita Hipólito sorprendiendo a todos—. Esta grosera puesta en escena no me gusta. La desnudez de los cuerpos femeninos sirve para someter al hombre a la mujer, y eso me repugna. No lo apruebo. Prefiero retirarme enseguida y mañana al amanecer volveré a Trecén.

Teseo está asombrado. Fedra, en cambio, se anima y se presenta ante su hijo adoptivo para convencerlo de que se quede:

—No, Hipólito, la belleza del cuerpo femenino no sirve para engañar al varón. Más bien es una invitación a la felicidad. Quédate y hablamos de eso.

—Fedra, déjalo ir.

—Este nuestro hijo no puede tomar una actitud en contra de la diosa Afrodita.

—Mi diosa es Artemisa —corrige irritado Hipólito, quien precisa—: En Trecén, donde está el estadio en el que cada día me ejercito, más allá del recinto hice construir un templo a mi diosa, a la que soy muy devoto. Artemisa para mí es la única diosa importante; en cambio no acepto a Afrodita, de la cual no tengo necesidad, en cuanto no sigo los amores ni a las mujeres. Me alegra ser puro como el agua cristalina del río, fuerte como el roble que no se deja doblegar, y todos los animales salvajes me temen. La diosa corresponde con su protección y consolida mi fuerza. Por ello no quiero distraerme de mis verdaderos intereses y corto de raíz cualquier interferencia como ocurrió ahora, por lo que agradezco a mi padre si me deja ir.

Apenas Hipólito se marcha, un silencio gélido irrumpe en los festejos. Se retiran las bailarinas, y Teseo aparta bruscamente a los coribantes, ordenándoles que se marchen de inmediato. Luego manda a la nodriza que lleve consigo a sus otros dos hijos. La pareja real queda sola.

Teseo quiere dejarle claro a su esposa su punto de vista.

—Necesita que Hipólito no sea contradicho. Para mí está bien que mi hijo se entregue a la diosa Artemisa. Me alegra mucho y soy muy orgulloso de eso.

—No estoy de acuerdo con que Hipólito desatienda a la diosa Afrodita. Los jóvenes, cuando llegan a la pubertad, deben desahogar la energía que el eros origina. La procreación y el interés por el otro sexo pertenecen a la naturaleza de la vida humana. Ahora que soy madre adoptiva de Hipólito me preocupa esta peculiaridad suya. Está bien que se dedique a la caza y admire a la diosa Artemisa, pero también debe cultivar relaciones sexuales, porque tarde o temprano deberá formar una familia, ser esposo para poder ser padre. Y eso es aún más importante si has pensado en él como tu heredero.

Teseo guarda silencio.

—Dejemos las cosas así como están: Hipólito vive su juventud con gusto en Trecén y hace lo que le agrada sin que nosotros nos entrometamos. Puede suceder que con el tiempo sus intereses cambien.

—Tengo una idea. También yo me iré a vivir una temporada a Trecén. Seguiré a mi hijo, como corresponde a una madre y, sin herir su sensibilidad, me aseguraré de que esté convencido de las etapas naturales del crecimiento de un joven. Dame permiso para construir un templo en honor a Afrodita, justo frente al templo de Artemisa, al otro lado del estadio, donde Hipólito practica sus ejercicios físicos. De esta manera, él comprenderá que la devoción a una diosa no excluye el culto a otra. Artemisa y Afrodita pueden convivir, y un joven puede desarrollarse tanto en el arte de la caza como en el del eros. Es un equilibrio importante que fortalece tanto el cuerpo como el alma.

Teseo permanece en absoluto silencio. Observa largamente a Fedra, como si la viera por primera vez.

—Me has convencido. Hipólito ha crecido sin el afecto maternal, así que tu presencia discreta podría beneficiarle. En cualquier caso, un templo dedicado a Afrodita siempre es valioso. Pronto podrás reunirte con él en Trecén junto con nuestros hijos y su niñera. En cuanto al proyecto del templo, haré que el mejor arquitecto de Atenas venga a ti en Trecén para que le expliques cómo imaginas el edificio.

Me pregunto por qué para mí es tan importante el encuentro con el arquitecto. ¿Será otro Dédalo? Sin embargo, no deberá construir otro laberinto. Por suerte, solo tendrá que saber por mí cómo debe ser la arquitectura del edificio religioso. ¿Y cómo debe ser? Creo que un templo normal, con frontón y celda, de estructura sencilla pero espiritualmente atractiva. Su finalidad es hacer cambiar de ideas a Hipólito. Convencerlo de que no existe solo la diosa Artemisa, sino que Afrodita es una diosa inolvidable, y que yo misma soy su gran devota. Por eso, como madre adoptiva, intercederé por él.

Sin embargo, siento que hay algo en ese templo que me hechiza, aunque no sé bien qué. Mi acto debe ser educativo: tengo que llevar a Hipólito hacia la belleza de la vida, la que nos entrega la diosa Afrodita. El templo significa eso: amor y pasión; es la manifestación sensible de la divinidad. Pero esta vez el templo tiene algo que me hechiza, y no sé qué es. Yo propuse construirlo justo donde el joven se ejercita y muestra su cuerpo sometido al esfuerzo físico. ¿Por qué lo hice? ¿Fue mi mente consciente o el inconsciente quien me lo sugirió?

Pensé: si él se identifica con los valores de la diosa Artemisa, valores de vigor y fuerza, ¿por qué no hacer igualmente visible el ideal del hombre amoroso que sigue los valores eróticos de Afrodita? ¿Es solo eso o hay algo más? Me resulta muy difícil comprenderlo. Este nuevo edificio seguramente tendrá vistas al lugar donde se entrena Hipólito.

—Y es eso lo que te enardece —me dice la diosa Afrodita—. La orientación del edificio es fundamental para Hipólito, pero especialmente para ti.

—¿Por qué?

—Un templo del amor, erigido junto al lugar donde el joven realiza sus ejercicios físicos, podrá ayudarlo a considerar la dimensión erótica entre sus intereses. Pero también para ti será fundamental. Te permitirá alcanzar la cumbre más intensa del placer: la exaltación del deseo.

—No entiendo. Perdí todo deseo con Teseo y ahora vivo en la más absoluta aridez.

—Conmigo a tu lado, pronto experimentarás la belleza del deseo erótico.

—¿Y cómo?

—Toda relación se fundamenta en el deseo. Si no hay deseo, no hay amor, sino solo violación. El deseo es la esencia del amor apasionado. Es una tensión sin límite. Nadie puede obstaculizar ese derecho. Después de tanto sufrimiento, tienes derecho a alimentar tu pasión erótica. Tienes derecho a gozar de la hermosura masculina que representa el joven Hipólito.

—Pero ¿cómo podré gozar de la vista de su cuerpo?

—A través del templo. Te permitirá, al amanecer, verlo mientras realiza sus ejercicios físicos. Estarás protegida por el edificio y podrás mirar sin ser vista.

El arquitecto ateniense, llegado a Trecén, está listo para desarrollar su proyecto arquitectónico. Necesita información, que Fedra está encantada de proporcionarle con todos los detalles, sin necesidad de justificar sus propuestas.

—El templo tendrá el frontón orientado hacia la arena donde los jóvenes realizan sus ejercicios —precisa Fedra muy despacio, de modo que el arquitecto pueda tomar nota—. Y por una pequeña escalera, que será construida detrás de la celda de la diosa, se subirá a una planta alta cerrada por todos sus lados, excepto por unos grandes tragaluces. A través de ellos, la mirada podrá vagar por toda la arena sin que quien está siendo observado se dé cuenta de que hay alguien prestando atención a sus movimientos.

—¡Perfecto! —declara el arquitecto ateniense, un hombre aún joven y de aspecto agradable—. Es el templo de Afrodita Catascopia —añade—, es decir, la diosa observadora que te trae el placer por medio de los ojos.

Fedra se alegra mucho por la complicidad del arquitecto y se le acerca para entregarle un beso apasionado en la mejilla. El joven interpreta ese gesto como un pacto secreto y misterioso entre ambos. Ahora solo queda dar comienzo a la obra arquitectónica que hará feliz a la reina.

Inmediatamente se inician los trabajos de albañilería, después de haber delimitado cuidadosamente el perímetro sobre el cual el templo será elevado, justo frente al templo de Artemisa y no lejos de la arena deportiva.

—¿Por qué construir el templo de Afrodita tan cerca del estadio? —grita Hipólito cuando, al volver de la caza, ve a los trabajadores que han iniciado la obra, Enfadado, despotrica contra Fedra, deponiendo con ostentada violencia las herramientas de caza. Pero Fedra de inmediato contraataca:

—No puedes rechazarla: también Afrodita tiene dignidad en el Olimpo. Este templo, junto al estadio, será de buen augurio para tu porvenir, porque algún día serás llamado a ser rey de Atenas, y debes prepararte con una prole que te dará tu esposa, con la cual fundarás una familia. Esa es la naturaleza divina y humana. La diosa Afrodita podrá guiarte en la construcción de tu descendencia.

—Yo me he entregado por completo a la diosa Artemisa, en alma y cuerpo. No estaré jamás disponible para la diosa Afrodita. No quiero ni mujer ni boda; no deseo placer sexual ni ningún tipo de relación íntima. La mujer, para el varón, es un daño: lo debilita, lo empuja a una vida de mediocridad cotidiana.

Fedra acosa, insistente:

—No puedes, a tu edad, rechazar el sexo. La riqueza viril es fuente de felicidad. El hombre la ofrece a la mujer, que goza dándole placer.

—Mi placer está en la caza —replica Hipólito—. Me excita con gran goce desencovar la presa y golpearla con mi dardo. Dar en el blanco me da más alegría y placer que los rasgos seductores de una mujer. Además, mi felicidad está en la naturaleza de los bosques, en las aguas cristalinas de los ríos, en los ocasos del sol, en la luna llena que alumbra mis cacerías nocturnas. ¿Y yo tendría que renunciar a todo eso? Nunca perteneceré a otra divinidad. Artemisa me protege y me indica los senderos imaginarios y reales que yo deseo seguir. Creo que será un esfuerzo inútil construir un templo a Afrodita aquí, junto a la arena donde Artemisa es la verdadera dueña. Elevar en este lugar un templo en honor a Afrodita me resulta extraño, y me siento violentado: es como si la mirada de la diosa, y la de sus seguidores, se posara de forma constante e indebida sobre mi cuerpo y el de los demás jóvenes. Es una mirada indecente, lujuriosa. Pero sabré cómo responder: con más rigor, con más ejercicio, con un cuerpo aún más tenso y disciplinado.

A corto plazo, la obra del talentoso arquitecto se concluye. El templo de Afrodita se alza imponente, incluso más que el de Artemisa. Frente al estadio, emerge en el amplio claro del bosque con sus líneas originales: parece la figura de un ser humano, con una gran cabeza y un cuerpo esbelto.

—Mi reina, el trabajo se acabó. He protegido de manera rotunda el secreto del lugar de donde hay la mirada. ¡Sígueme! Te mostraré la perfección del proyecto terminado.

Están frente a la escalera, atrás de la celda de la diosa. El arquitecto invita a Fedra a subir los peldaños. Fedra duda al principio. Mira al arquitecto como si quisiera convencerse aún del absoluto secreto de lo logrado. El arquitecto entiende y, en voz baja, asegura que nadie podrá ver desde fuera quién se esconde dentro del edificio.

Finalmente los dos suben las escaleras, Fedra detrás y el arquitecto delante.

—Desde aquí se tiene una vista completa del estadio —informa con satisfacción el arquitecto tan pronto como llegan al piso superior del templo—. ¿Desde cuándo puedo acceder al plan? —pregunta Fedra tímidamente.

—Desde pronto. Nadie podría subir a este piso. Una puerta en bronce impide la subida y tú sola, mi reina, posees la llave.

—Te agradezco mucho tu obra.

El arquitecto entrega la llave y se aparta.

Afrodita es mi aliada. Jamás imaginé que mi deseo pudiera alcanzar tal posibilidad. Siento una fuerte aceleración de la sangre en cada rincón de mi cuerpo, ardo en el bajo vientre. El deseo crece, se agiganta, me empuja a actuar. Llamaré a mi fiel nodriza, traída de Creta, y le pediré que se ocupe cada mañana de mis dos hijos. Tengo que ausentarme unos instantes: el tiempo divino de subir la escalera y gozar de una vista maravillosa. Una vista dirigida hacia un cuerpo juvenil de rasgos magníficos, los de un hombre intensamente excitante.

—Tu ausencia al amanecer me preocupa —le dice la nodriza a Fedra, en cuanto recibe esta tarea—. Sabes que siempre cuido de los niños con esmero, pero ¿por qué esta ausencia cada mañana? Me preocupa mucho que algo esté inquietando a mi señora. Mi madre fue tu nodriza cuando eras niña, y ahora soy la nodriza de tus hijos. Por eso, al venir aquí, a Atenas, quiero seguir cuidándote como mi madre te cuidó.

—¡Basta ya! Tienes solo que obedecer y no pongas preguntas. Tengo necesidad de quedarme a solas, pero con la certidumbre de que mis hijos están protegidos.

Fedra aleja a la mujer con los niños y espera el momento justo para alcanzar el templo.

Quisiera describir, con precisión, las sensaciones que se agitan dentro de mí. Desearía ser una experta del alma humana para poder analizar lo que me arrolla hasta el punto de sentirme loca. Ahora que estoy aquí, frente al templo, me asaltan las dudas. Temo estar a punto de hacer algo prohibido. Pero ¿cuál sería el daño si me entrego al placer de un deseo inmenso, al contemplar el cuerpo soberbio de mi hijastro? Todos tenemos derecho a una felicidad íntima, imaginaria, encerrada en nuestro cerebro, en nuestra psique. La vista es un placer vicario, como lo es el olfato para los perros. Nadie puede impedir lo que la naturaleza psíquica nos permite. Este es un sentimiento espinoso, como el que inflijo con mi alfiler en la hoja de mirto que tomé de un arbusto cerca del templo. Mi excitación me empuja a pincharla por dentro y por fuera, como si pudiera liberar un placer violento, incontrolable, contenido demasiado tiempo. Me libero de la túnica y, completamente desnuda, subo las escaleras. Estoy ya en el piso alto. Sigo hiriendo la hoja con el alfiler, penetrando su membrana una y otra vez hasta dejarla completamente marcada. Así está mi corazón: punzado por dentro y por fuera, herido por fuera y por dentro. Por dentro y por fuera, por fuera y por dentro: un vaivén erótico acosa mi deseo de posesión imaginaria del magnífico cuerpo masculino.

Fedra está en la plataforma, dirige su mirada hacia la arena, que en este momento está ocupada por espléndidos cuerpos masculinos desnudos, relucientes por sudor. Se esfuerza en identificar el cuerpo de Hipólito. Finalmente lo distingue. Allí está: es una llama explosiva. Ahora lo ve claramente. Es el más hermoso, con líneas sinuosas, caderas vibrantes e imponentes, piernas largas y muslos perfectos. Observa cómo los movimientos de su cuerpo se intensifican justo en la zona donde las formas genitales parecen a punto de explotar.

¡Es demasiado! Estoy loca de deseo y amor. Ya no basta. Ya no me satisface solo la vista. El deseo de contacto físico me apremia, me recorre las venas con sangre cálida y palpitante. El cuerpo de Hipólito me atrae, me habla. Quiere explotar dentro de mí. No me rindo. Nadie puede oponerse a esta locura mía, ni siquiera la mismísima diosa Artemisa. Tengo a la diosa Afrodita como mi aliada.

—¿Por qué no me cedes a mí a Hipólito? —pregunta impaciente Afrodita, decidida a competir con Artemisa—. ¿No ves que hay un corazón de mujer que alborota por él?

—¿Y tú? ¿Por qué no dejas en paz a mi devoto macho? Quieres dominar a todos, pero te equivocas. Soy más fuerte que tú, porque el corazón de mi Hipólito jamás se abrirá a los sentimientos obscenos del eros ni al orgasmo insoportable del amor. Para mí, él no deja lugar a la interferencia femenina y así será siempre. Hipólito es un héroe, un verdadero guerrero. Y, aunque desciende de un pueblo de mujeres, guarda en sí la crueldad del guerrero. Si yo fuera tú, querida hermana Afrodita, saldría del corazón y la inteligencia de Fedra. Le haría disminuir la pasión erótica que tan intensamente le inculcaste y la guiaría hacia consejos más moderados.

Afrodita parece desconcertada.

—Si tuviéramos un juez imparcial, te llevaría ante el tribunal de la vida. ¿Cómo es posible que un joven, en la plenitud de su juventud, cuando las hormonas estallan dando lugar a pasiones soberbias, renuncie al sexo y al cortejo de mujeres apasionadas?

Sosteniendo entonces la mirada orgullosa de Artemisa, añade:

—Si te toman como guía en la vida, no vale la pena vivir. El gozo sexual es el verdadero sentido de la existencia; todo lo demás son inútiles variaciones de un vacío asfixiante.

—No quiero discutir más contigo —concluye Artemisa—. Es por su propio bien que te he invitado a que desistas de las inmoralidades de Fedra. Pero, si no me escuchas, las consecuencias recaerán sobre tu protegida, porque Hipólito jamás me faltará a su devoción.

Las semanas pasan rápidamente. Fedra ya no reconoce el tiempo ordinario: no existen días de veinticuatro horas, solo el amanecer y el sol que invitan, cada mañana, a la sublime mirada desde las escaleras del templo de Afrodita. Luego, en el rellano de observación, la mirada es plena y cautivadora: se alimenta de la imaginación física y todos los matices del cuerpo de Hipólito están ahora en su posesión. La mente los registra y los revive por la noche, imponiéndose con pensamientos eróticos intensos y envolventes.

—Reina, es obsesión la tuya —acosa la nodriza—. No puedes ausentarte cada mañana, mientras tus hijos te buscan.

—Estás tú, mi querida —le dice Fedra, muy molesta por la observación—. Por eso te hice venir desde Creta.

Mientras tanto, Fedra sigue enviando mensajes a Atenas para comunicarle a Teseo que se encuentra bien en el pueblo de Trecén. Aunque dividida entre los sentimientos de afecto hacia él y el hijo adoptivo, le confiesa que este último ocupa un lugar muy especial en su corazón. Su acción educativa, quizá a corto plazo, comenzará a dar frutos: Hipólito va tomando el sendero de la normalidad, empezando a cultivar el amor femenino, impulsado por el deseo de convertirse en padre. Teseo se alegra por lo dicho de la reina, confía en que efectivamente el hijo de la amazona se civilice. Por eso comunica a la mujer que pueda permanecer en Trecén y será él mismo quien, en cuanto haya el momento oportuno, irá a Trecén para retomarla y conducirla a Atenas, ¡ojalá!, junto con Hipólito, integrado en los ritos acostumbrados de la naturaleza humana.

Cada respuesta que llega de Atenas me provoca una aceleración del latido cardíaco, temiendo que el mensaje traiga consigo la orden para que yo vuelva a Atenas inmediatamente. Y cada vez el peligro se desvanece, estalla dentro de mí más la excitación por el cuerpo de Hipólito, e incremento los tiempos de la contemplación. Sin embargo, el deseo nocturno, nutrido por imágenes eróticas de la mañana, ya está insatisfactorio: mi cerebro quiere realidad física, quiere contacto; la mente, con mi psique, quiere enriquecerse de concreta concupiscencia.

Y así, una mañana, Fedra toma la decisión extrema: entrar en la arena, perderse entre los jóvenes y, con la excusa de haberse desorientado, acercarse lo más posible al cuerpo de Hipólito. Lo hace por el placer olfativo de la cercanía, pensando incluso en la posibilidad de un abrazo real, impetuoso, impresionante, que la lleve hasta la cumbre del placer. El peplo se le abre a un lado, los cabellos están sueltos. No sube, según su costumbre, las escaleras del templo para disfrutar de la distancia visual. Se dirige directamente hacia la arena deportiva, ya llena de jóvenes en ejercicio que rodean el cuerpo desnudo de Hipólito.

El sol acaba de salir más brillante que nunca, un fresco rocío primaveral moja la desnudez masculina. Los primeros jóvenes que la ven acercarse se detienen atónitos: la reina está entre ellos, ¡es una abominación! Ninguno tiene el coraje de gritar. Sin embargo, la improvisada parada de los ejercicios llama inmediatamente la atención de Hipólito, quien a su vez se para, mira a su alrededor y ve al grupo de jóvenes todos atónitos en su desnudez gimnástica y a la reina que avanza hacia él. Hipólito quiere gritarle a la mujer que se vaya de allí inmediatamente, pero la voz se le corta en la garganta. Fedra ya está a dos pasos de él. Es la mujer que hace oír su débil voz:

—¡Me perdí!

Finalmente Hipólito dice con decisión:

—Madre, no deberías haber venido hasta aquí. Este lugar está prohibido a las mujeres.

—¡Te buscaba! —se justifica Fedra.

—Sabes que por la mañana practico actividades físicas útiles para nuestras cacerías. No deberías estar aquí. Este es un recinto masculino. El estadio no concierne a las mujeres.

—Pero si te concierne a ti, de alguna manera yo también estoy implicada —se atreve a decir Fedra—, siendo tú mi hijo, aunque adoptivo.

Hipólito ya no está disponible para más consideraciones. Añade:

—Mis compañeros nos miran perplejos, sin comprender lo que sucede. Deberías dejarme en paz, no me busques, y quizás sea más apropiado que regreses a Atenas con mi padre, pues tu legítimo esposo. Ha sido erigido este horrendo templo a Afrodita, así que tu tarea se concluyó. Puedes marcharte de aquí con tus dos pequeños hijos y la nodriza.

—¡No! —grita Fedra—. No quiero ir, no quiero dejar Trecén. Y tu padre está de acuerdo en que yo esté aún en este pueblo, que es muy tranquilo.

—No me interesa ni me atañe tu relación con mi padre. Haz lo que quieras, pero déjame en paz, no me pongas en dificultades con mis compañeros. Yo considero Trecén no un pueblo tranquilo, sino un lugar que me permite vivir como más me gusta. Aquí cultivo mi amor para Artemisa y no para Afrodita. De eso tienes que estar convencida. Así me puedes ignorar.

Eso dicho, Hipólito se aleja con todos sus compañeros.

¿Y ahora? No puedo calmar esta mi gran excitación erótica, deseo alcanzar la cumbre del placer sexual. O ahora o nunca más. ¿Y cómo?

Podría aprovechar la costumbre de Hipólito de llegar inmediatamente al río que fluye aquí cerca después de sus ejercicios gimnásticos. Ciertamente se sumerge con una zambullida en las aguas cristalinas para purificarse del sudor, él estará desnudo y en absoluta soledad. Afrodita será mi aliada.

Presentaré mi cuerpo de mujer placentera y ansiosa, libre de túnicas y velos. Mostraré mi sexo palpitante, y, seguramente, ante tanta belleza y coraje, Hipólito se sentirá abrumado por una pasión irrefrenable. Afrodita me ayudará.

Lo abrazaré y él dará el gran paso que va más allá de cualquier vacilación o formalidad hipócrita.

No puede haber una regla familiar que impida lo que llevo dentro, y jamás podrá haber un ultraje, porque Afrodita es mi aliada.

Teseo nunca sabrá la verdad y juzgará mi apego a Hipólito como el sentimiento natural de una madre, aunque sea adoptiva.

No puedo dudar, nunca. Afrodita es mi aliada. Finalmente, mi deseo está claro; todo mi deseo en cada detalle está claro.

Mi deseo eres tú, Hipólito, para siempre. Toda mi vida cobra sentido al alcanzar tu amor. Mi deseo es único, total, hecho de carnalidad. Todo tu cuerpo lo deseo dentro de mí, con una fuerza desbordante. Nunca lo llamaré violación. Te veo, he aquí, tu cuerpo musculoso recién salido de las atormentadas aguas del río; me encantan tus muslos, tu miembro viril, tus hombros poderosos.

Ya me imagino en tus brazos, los de un amante tan seductor al que no puedo negarme. Te haré sentir toda mi tensión. No puedo dar tiempo ni vacilar.

Por fin Artemisa dejará su lugar en tu corazón a Afrodita.

—¿Qué haces aquí desnuda, Fedra? —grita Hipólito tan pronto como se encuentra frente al cuerpo de la mujer, que ha permanecido quieta y silenciosa—. Odio a las mujeres, no soporto su cuerpo lascivo… ¿Y tú te me revelas desnuda? Tendré que avisar a mi padre para que te lleve de vuelta a Atenas de inmediato. Ya no puedes quedarte en Trecén. Te has vuelto peligrosa… insoportable.

Fedra, sin decir una palabra, intenta acercarse a él lo más posible.

Ahora debo tener contacto, ahora o nunca más. Afrodita es mi aliada. Afrodita me ayuda. No me faltará su presencia; para mí en este momento es muy importante el sostén de la diosa. Tengo que abrazar aquel cuerpo excitante, aquel cuerpo joven y sensual. Lo he mucho deseado, lo deseo; ahora mi deseo se realiza, se envuelve en carnalidad, concreta y cautivadora. No me queda otro, porque este es mi único deseo: hacerme aceptar y hacerme tomar por Hipólito. No tengo otra opción. Este es mi deseo, poseer el cuerpo del joven Hipólito. E Hipólito poseerá mi cuerpo. Su cuerpo estará en mí, su cuerpo se hará mi cuerpo.

—¿Qué haces, mujer vulgar? No me toques, soy virgen y quiero seguir así, no me interesa el sexo, no me gusta el orgasmo.

Finalmente hay contacto con el pecho y los muslos del joven, una chispa que libera la llama que arde en lo más profundo de las entrañas de la mujer, que da voz a su deseo extremo.

—Te deseo, mi inmenso amor; ven, abrázame. Dame placer, alegría. Nunca he amado con esta intensidad.

Hipólito, con ambas manos, la aparta de sí, diciendo:

—¡Aléjate de mí, mujer! Y te declaraste madre para educarme, ¿y esta es la educación que me propones? Un verdadero incesto. ¿Soy o no soy tu hijo? Y entonces, ¿por qué la pasión sexual lleva a tanto? ¡Es una verdadera calamidad esta pasión orgásmica!

Fedra se lanza a abrazar los hombros de su amado. Lo aprieta por un instante desde detrás, sintiendo las sinuosas formas del cuerpo del joven. Empujada por el deseo, busca un contacto más penetrante y envolvente. En ese momento habría querido ser hombre para tener la fuerza de someter al joven a su voluntad erótica, hecha de deseo carnal y violencia. Hipólito se libra de su agarre y la empuja con brusquedad. Fedra cae al borde de la orilla del torrente. Las aguas irregulares lamen ahora su desnudez, robada al placer tanto deseado.

¿Por qué, Afrodita, me descuidas en el momento más alto de mi deseo?

El fuego que me quema, ¿no debería quemar también a Hipólito? Tú, mi diosa, siempre vences. Satisficiste a mi madre con el toro, a Ariadna con Teseo, ¿por qué a mí me está prohibida la expresión más alta de la naturaleza humana? Si ahora Hipólito me rechaza y su diosa Artemisa es más fuerte que tú, mi deseo pierde su pureza e inocencia y mi pasión por Hipólito se convierte en vergüenza y culpa. No podría nunca más mirar a mis hijos, a la nodriza y a Teseo. La naturaleza humana está derrotada por prejuicios y convenciones sociales.

Hipólito está profundamente conmocionado.

—¡Ya basta! —grita—. Voy a Atenas con mi padre y le digo claramente que debe liberarme de esta malvada mujer. De hecho, sería bueno que él también se liberara de ella. Que la envíe de vuelta a Creta, una tierra maldita y vulgar. Una raza de mujeres malvadas se ha establecido en esa isla.

A carrera abierta vuelve al estadio para retomar sus vestidos, el carcaj y su arco. Quiere ir inmediatamente por los bosques para cazar y así aflojar la tensión acumulada. Piensa marchar por la tarde de Trecén para alcanzar lo más pronto posible Atenas. Ha decidido que tiene que resolver el asunto con su madre adoptiva.

Justo afuera de la arena se encuentra frente a la nodriza con los hijos de Fedra.

—Quédate un instante, mi señor —dice alborotada la nodriza—, tengo que decirte unas palabras. Yo lo sé, qué te ocurrió, una sospecha que hace mucho tiempo temía que se podría suceder. Quiero con todo mi corazón salvar a estos dos niños y tú solo puedes hacerlo. Y si lo haces, te prometo que seré yo la que realice lo que quieres pedir a tu padre. Yo lo puedo ganar sin que todo se envuelva en tragedia. No hay tiempo que perder.

Hipólito, en un primer instante, quisiera alejar a la mujer, pero pronto siente compasión por los niños. Por ende se para y pregunta:

—¿Qué me prometes a mí, mujer?

—Te prometo que Fedra abandonará Trecén y no volverá nunca, si cumples tu palabra de no contarle a tu padre Teseo nada de lo que pasó con Fedra.

—Nada ha ocurrido —declara el joven de manera irónica—, sino un intento de violación sexual por parte suya, de quien se alababa de ser mi madre.

—Y es propio de lo que Teseo no debe entrar en conocimiento —precisa la nodriza, que añade con mucha tristeza—: no quiero justificar a la reina, pero deseo evitar que todo se precipite con daño de los dos niños que me fueron confiados. Fedra no es disculpable, pagará por esta afrenta hacia ti. Tú, pero, ayuda a dos criaturas inocentes.

Poco a poco la ira se va calmando y él recupera la confianza en sí mismo. Ahora está dispuesto a aceptar lo que la nodriza le propone.

—¡Bien! Lo hago por la salvación de los dos niños, que son también mis hermanos. Sin embargo, tú debes quitar de mi vida a Fedra. No quiero saber nada de ella, ni debe nunca más volver a Trecén.

—¡Cierto, así será! Pero debes prometerme que nunca dirás a tu padre lo que ha ocurrido entre tú y Fedra.

—Está bien, cumpliré mi promesa.

—No, no es bastante —afirma la mujer—. Tienes que jurármelo aquí y ahora. Debe ser un juramento que nunca romperás, ni siquiera a costa de tu vida.

—¡Así será! Desde este momento todos mis hermanastros, y en especial Fedra, se alejen de mí.

Hipólito aprieta bruscamente su arco y su carcaj, y corre hacia el espeso bosque para honrar a su divina Artemisa.

—No te jactes demasiado de tus éxitos —señala Afrodita, después de que Artemisa se acerca a ella para poner en evidencia el comportamiento ejemplar de Hipólito—. Cuando la moralidad gana y las reglas formales de las buenas costumbres y de las tradiciones cogen la delantera —añade la diosa—, todo cae, la vida se enrolla en sí misma, se apaga cada luz y no quedan más que lágrimas y luto.

—Si te refieres a los castigos infligidos a aquellos que están dominados por las pasiones —interrumpe Artemisa—, estos son justos y hacen parte del orden nuevo querido por nuestro Zeus.

—Aquí te equivocas. Cuando domina el luto, nadie tiene salvación; tu pureza y la virginidad del joven Hipólito no son nunca herramientas útiles para ninguno, ni mortal ni inmortal. Cuando venzo yo, cuando la alegría erótica y sexual se abre camino sobre la mezquindad humana de la vida cotidiana, todo se muestra luminoso y la vida se convierte en una existencia digna de ser vivida. Mírate también a ti misma en nuestro Olimpo. ¿Cuál verdadera necesidad representas para los seres humanos? ¿Por qué no abres los ojos para ver la verdad? Las terribles consecuencias del rechazo amoroso de

Hipólito se desplegarán ante nosotros. Yo saldré del corazón de Fedra y ella volverá a ser una simple mortal que lidia con su conciencia. Ya no estaré allí, y sus limitaciones la llevarán a tomar medidas extremas, pues el sentido de su existencia, que tan bien le inculqué, ha desaparecido. Tú, en cambio, has contemplado con satisfacción la coherencia de Hipólito, pero será una coherencia árida e inútil, que no le impedirá sucumbir, sorprendentemente enredado en una conspiración mortal. La mente humana, sin mí, sigue caminos extremos y, tarde o temprano, conduce a la ruina.

—Tus amenazas no me asustan —acosa Artemisa—. Que Fedra se decida a morir, si su culpa la atormenta. El joven héroe no la seguirá, porque su conciencia es fuerte y lo sostiene ante cualquier adversidad. Es un verdadero héroe y no un libertino afeminado cuyo único objetivo en la vida es disfrutar de los placeres del orgasmo femenino.

Afrodita no tolera más a una Artemisa descabellada, decide marcharse de ella y acabar con una contienda que está volviendo hacia un triste epílogo. Desea retomar su total autonomía, liberarse de compromisos con divinidades que nada han comprendido sobre la realidad humana y sobrenatural y ella, por sí misma, gozar de placeres que a menudo es difícil compartir con los seres humanos. Pero antes de desaparecer de la vista de Artemisa para siempre, se deshace del peplo y muestra su desnudez divina, como la idea sublime de la belleza femenina eterna, y le dirige estas palabras a la imprudente Artemisa:

—Aprende a mirar tu cuerpo femenino como deseo de placer. La pureza es una canallada, y el mismo Hipólito sufrirá en carne propia las consecuencias de ese vínculo inoxidable que lo une a ti.

Fedra ahora está a solas, sin Afrodita, que ha abandonado definitivamente su corazón. Cuando en el ser mortal ya no arde la llama de la excitación erótica, cuando el goce sexual se ha apagado, cuando el silencio de los sentidos impide seducción y quita las ganas de orgasmos explosivos, las tinieblas avanzan en el cerebro, y un ocaso trágico conduce a elecciones extremas.

Fedra escribe una breve carta a Teseo, en la que denuncia el ultrajante intento de violencia sexual cometido por Hipólito: un verdadero crimen contra la dignidad de la mujer. Lo invita a acudir de inmediato a Trecén y asumir su responsabilidad como marido y como padre. Añade que Hipólito siempre ha mentido acerca de su aparente virginidad y del rechazo al gozo sexual, ya que, en realidad, lo domina una poderosa atracción hacia las mujeres. Tanto es así, afirma, que incluso ha intentado seducirla a ella, su madre adoptiva, buscando una relación sexual. La sorprendió desnuda en su habitación, aprovechando que estaba sola, en cuanto la nodriza había llevado a los dos hijos por un paseo por el bosque de Trecén. El intento de violación fue inmediato y atroz. No recuerda nada, pero por supuesto la obligó a tener una relación sexual, algo deplorable y asqueroso. No es posible conceder el perdón; su hijastro alcanzó un más allá extremo, su dignidad de reina, de esposa y de mujer fue pisoteada de forma violenta y vulgar. Hipólito ocultó su turbia devoción a Afrodita detrás del culto puro a Artemisa. Cuando Teseo llegue a Trecén, ya no la encontrará con vida, sino que tendrá frente a él a su hijo Hipólito. A él corresponde decidir cómo proceder con el hijo lujurioso y repugnante. La carta, que se clausura con una despedida y una invitación para que todos la recuerden como una madre amorosa y una mujer virtuosa, de inmediato es entregada a un esclavo fiel para que la lleve rápidamente a Atenas y llegue secretamente a manos del rey Teseo.

El rey, en cuanto termina de leer la carta, despotrica contra el esclavo, gritando que hay una conspiración contra él.

—¿De dónde sacaste esta carta? Confiesa la verdad; de lo contrario, te aseguro la muerte. Nombra de inmediato a quien me ataca.

—Señor, soy solo un siervo fiel. Desconozco el contenido de la carta y obedecí a la reina. Tal como me pidió que la tuvieras en tus manos. De lo contrario, no lo sé.

Ignorando al esclavo, Teseo se dirige a sus sirvientes para que preparen pronto el caballo más rápido del establo. Debe llegar a la aldea de Trecén lo antes posible.

Al galope, Teseo continúa repitiéndose que tal vez una sospecha sobre Hipólito hace mucho tiempo la tuvo, a pesar de todas las apariencias. La abstinencia del sexo es difícil, si no imposible. Debería haber investigado más la personalidad de su hijo y no debería haber olvidado que su madre era una amazona y por sus venas corre sangre bárbara. ¿Quizás las amazonas no utilizaban los hijos masculinos para la reproducción, por lo que el orgasmo de la concepción era, sin embargo, una apremiante fuente erótica de la vida masculina? No debería haber permitido que su esposa permaneciera tanto tiempo en Trecén, presa fácil de un joven vulgar y violento.

Ahora, confiesa a sí mismo, debe ser decidido en afrontar los próximos acontecimientos. La primera esperanza es que Fedra no haya llevado a cabo su loco plan. La necesita viva como testigo de la infame acusación. No puede atacar a Hipólito, basándose únicamente en una carta, aun estando completamente convencido de que su esposa ha dicho la verdad y de que su intención de poner fin a su existencia como mujer y reina es una razón por sí misma válida para que su hijo sea culpable.

La pasión de Hipólito por Fedra, aunque pudiera enmarcarse en la típica arrogancia masculina, ha puesto en crisis la lealtad familiar, la coherencia de la monarquía y el poder político. Hipólito es culpable de violencia sexual y deberá sufrir un castigo ejemplar como advertencia para todos los atenienses. A menudo, en la vida, hay faltas que ningún tribunal podría jamás examinar, porque son tan objetivamente evidentes que exigen solo venganza y castigo inmediatos. Para entonces, Teseo ya no duda de que la sentencia de Hipólito ya está sellada, incluso si no tuviera tiempo de salvar la vida de Fedra. Más bien, aminora la marcha, casi para que el tiempo cumpla con su deber. Una mujer que sufre un ultraje de violencia sexual, con la muerte que sobreviene, devuelve todo a la normalidad y restablece el honor al pueblo ofendido. Por ende, cual hombre pragmático y cínico, Teseo ya imagina la situación que encontrará en Trecén, por la que puede traer el máximo provecho: el suicidio de su esposa y el hijo bárbaro culpable. Él deberá mostrarse sensible al vínculo conyugal por la muerte de la reina e impasible al condenar a su hijo, que en este punto parece aún más extranjero a la cultura griega.

En Trecén todos lloran por la muerte de Fedra. La nodriza la ha encontrado demasiado tarde, cuando ya había muerto por asfixia, ahorcándose con una cuerda en la habitación real.

—¿Por qué, nodriza, no has impedido este acto extremo de la reina? —pregunta molesto Teseo, tan pronto como llega a la habitación donde está el cadáver de Fedra.

—La reina, mi señor —declara la mujer—, después de haber confesado que había sufrido un ultraje por Hipólito, me prometió que no habría hecho nada, sino reenviar todo a las decisiones del rey. Me ha pedido que prestara mucha atención a los niños y que me quedara a la espera de tu llegada.

Teseo está en profundo silencio, mira al cuerpo de su esposa, que muestra aún las huellas de asfixia con atroz sufrimiento. Acto seguido llama a los sirvientes y ordena plantear los ritos fúnebres por la despedida de la reina y dice con voz alta:

—La reina deberá ser honrada por su gran coraje. El suicidio, en este caso, es heroísmo y majestuosidad de ánimo. Su muerte me ha liberado del sufrimiento del ultraje con respecto a mí. Y yo tengo que ser muy severo hacia quien ha ofendido mi dignidad regia.

Luego, con voz baja, ordena a la nodriza:

—Apenas se acaben los ritos fúnebres, volverás a tu maldita isla y no tendrás nunca jamás relaciones con mis hijos ni con la ciudad de Atenas. Por conveniencia política, estoy ahora constreñido a sacrificar a mi joven hijo Hipólito.

La nodriza está pasmada y asustada. No tiene el coraje de añadir nada y por fin se siente responsable del castigo de un inocente, que, sometido por su intervención a un temible juramento, no podrá defenderse.

—Padre, ¿por qué acusarme de tanto odioso crimen? No me das el tiempo para que tú puedas escuchar mis defensas. Así no respetas los derechos de un libre ciudadano.

Hipólito, de vuelta de la caza, trastornado y afligido por el suicidio de Fedra, no comprende por qué el padre está enojado con él.

—¡Ya no eres ciudadano libre! —le grita Teseo, impidiéndole acercarse al cadáver de Fedra—. Ya no tienes ni patria ni padres. Por haber faltado al respeto a la dignidad real de quien te confié como madre, te condeno al exilio perpetuo. No debes volver a pisar Atenas ni Trecén. Ya no te reconozco como mi hijo y no tendrás derecho a competir con tus hermanos por la sucesión al trono de Atenas.

Ahora Hipólito muestra una profunda postración; todo le parece irreal.

—Padre, ¿por qué esta sentencia sin apelación? ¿Qué he hecho tan grave? ¿Por qué me acusas de haber faltado al respeto a la reina?

—¿Quieres que sea explícito ante los criados? Pues bien, abusaste sexualmente de la reina, fue el tuyo un acoso sexual por parte de un hijo hacia su madre.

—¡No es verdad! —declara Hipólito—. Nunca haría un gesto tan odioso, yo que tengo en odio el sexo y a Afrodita. Mi diosa es la casta Artemisa, nunca iría en contra de ella.

—Tú siempre fuiste mentiroso —añade Teseo—, y eso es otro elemento grave de acusación, que has sido bajo falsa apariencia un devoto de Artemisa, mientras tu culto vergonzoso era para la inmoral Afrodita.

—No, padre, te equivocas. Tú sabes que es Artemisa mi diosa y a mí me interesan la caza y la naturaleza salvaje. No deseé nunca un abrazo erótico con la mujer, ¿por qué lo habría querido con mi madre adoptiva? He siempre honrado la dignidad de la reina. La tuya es una acusación injusta y denigrante.

Finalmente, Teseo saca de la túnica la hoja de la carta autógrafa de Fedra y declara:

—La acusación contra ti no es mi invención. He aquí quien te acusa: tu propia madre, que con esta hoja de papel me informa de tu agresión sexual y me dice también que no puede seguir viviendo por el ultraje sufrido. El suyo fue un acto de valentía y de condena a tu comportamiento violento. Por ello tú eres responsable de su muerte y debes ser castigado.

Hipólito quisiera llamar como testigo a la nodriza cretense, pero la obligación del juramento le impide hacerlo. Por eso va defendiéndose de manera genérica.

—Pregunta a los sirvientes si nunca me han visto dirigir atenciones eróticas a tu esposa.

—No puede ser testigo —refuta Teseo— quien no ha visto nada. Por supuesto, actuaste en secreto, como es propio de los viles.

—Así no me ofreces ninguna posibilidad de defensa. Tu ceguera humana y política no te hace vislumbrar otras hipótesis.

—¿Qué quieres decir? ¿Que el acoso sexual fue obra de tu madre? No te permito ensuciar el nombre de la reina. Basta ya, te has pasado de la raya. Ahora mismo te marchas de mi reino y no volverás jamás.

—¡Bueno, iré! —declara desesperado Hipólito—. Empujaré los caballos de mi carro hasta que se agoten, nadie me detendrá. Llegaré a tierras desérticas y salvajes, donde está el único pueblo verdaderamente humano, el de las amazonas.

Teseo teme que Hipólito pueda alcanzar a las amazonas y liderar a ese pueblo en un nuevo ataque a Atenas. Entonces recurre al dios Poseidón para castigar a su joven hijo con la muerte. Entre tanto, Hipólito, con las riendas sueltas, empuja a sus caballos a una velocidad desenfrenada. El carro se sacude por senderos difíciles de transitar. Llega a un punto donde ya no hay camino marcado. Sube colinas sinuosas, llega a la orilla de un mar oscuro. El mar parece brumoso y agitado. Olas repentinas rompen en la orilla por donde viaja el carro. Los caballos están asustados. Ya no responden a la orden del joven, quien, debido a los movimientos giratorios, queda enredado en las riendas que lo envuelven. El carro vuelca. Hipólito queda atrapado en él y es arrastrado durante un largo trecho por la arena húmeda, hasta que finalmente los caballos se sueltan en una caída imposible.

Los pescadores que presenciaron el terrible espectáculo están convencidos de que los caballos se volvieron locos, no por la carrera frenética, sino porque vieron emerger de las aguas del mar un toro monstruoso, de pelaje muy negro. El portentoso acontecimiento comienza a circular en los relatos de los viajeros, hasta que finalmente llega a oídos de Teseo. En su interior, el rey agradece al dios del mar, convencido de que ha escuchado y cumplido su petición.

Ahora está más seguro que nunca de que su poder en Atenas es firme y está libre de amenazas.

7

Concilio extraordinario de los dioses

Todos los dioses del Olimpo están presentes en el concilio extraordinario convocado de repente por el dios Zeus.

Sin embargo, hay una ausencia: la del dios del más allá, Hades, no solo porque las reglas del universo establecen que él no debe jamás apartarse de su reino, sino porque, cualquiera que sea el asunto de la asamblea, por cierto, nunca habría sido de su interés.

Y además, si la razón de la convocación atañe a la diosa Afrodita, aún más está convencido de que el reino de los muertos tiene poco que ver con las pasiones amorosas.

Por otro lado, la misma diosa Afrodita no toma de manera tranquila la convocatoria conciliar: se siente acusada.

¿Por qué un concilio extraordinario por su causa?

Cada dios del Olimpo tiene un asunto que debe ser cuidado. Todo eso es en beneficio de los mortales. Ella es la divinidad más solicitada. Tal vez, piensa, el rey de los dioses quiere profundizar en la contienda surgida entre ella y Artemisa, una contienda que ha causado mucho daño a seres mortales muy devotos como Fedra e Hipólito.

—Durante los últimos tiempos —declara en efecto Zeus encima de su trono— han sucedido acontecimientos que no pueden dejarnos indiferentes, considerando que unas divinidades del Olimpo contribuyeron a su desarrollo. Las miradas de todos los presentes se dirigen a Afrodita, quien está sentada a un lado, molesta por tanta atención que recibe.

—Propiamente porque —continúa el rey de los dioses— nuestra acción está limitada por el libre albedrío de los mortales, con observancia de las actividades de las moiras y del destino a cada uno asignado; una excesiva intervención divina crea desequilibrio, llevando consecuencias no deseadas. La reina, mi esposa Hera, solicitó que yo convocara este concilio no para reiterar reglas ya conocidas por todos vosotros, sino para impulsar una moción de desconfianza hacia Afrodita. Aunque siempre he respaldado los actos de todos los dioses, y en particular los de la diosa Afrodita, una divinidad muy estimada por mí, ahora me veo obligado a profundizar en los últimos acontecimientos para comprender mejor la acción de las divinidades implicadas.

—Mi rey —interrumpe Hera sin alguna formalidad—, no ganes tiempo según tu costumbre cuando tienes que intervenir por temas sensibles como los de la moralidad y la pudicia. Aquí está la diosa Afrodita: es ella quien debe entregarnos explicaciones de sus comportamientos escandalosos. Las reglas deben ser cumplidas, sobre todo la regla de la moralidad, que es muy importante y que todos los demás dioses honran, excepto Afrodita, que se pone contra mí y el orden constituido.

—Yo no me pongo ni contra el orden constituido ni tampoco contra la reina de los dioses —protesta, picada, Afrodita, que añade, dirigiéndose a ella directamente—: y lo sabes bien, Hera, que tu tarea es diferente, tú tienes una obligación y yo otra. Tenemos que respetar nuestras autonomías y nuestras diferentes determinaciones.

—No es como tú dices, mi querida —declara a gran voz Hera—. La tarea para todos los dioses es una y una sola: defender la familia. Tus injerencias en los ánimos de los mortales, sobre todo si son mujeres, provocan desorden y confusiones.

—Quien se dirige a mí —expone con serenidad Afrodita— siempre queda satisfecho. Así soy yo, por mi carácter y por la misma naturaleza humana. Por eso me acerco a los sentidos de los mortales. Creo que tú, Hera, has olvidado una verdad fundamental: estamos hechos de amor y pasión. El instinto vital que impulsa la prosecución de la especie humana, como ocurre también en todos los demás animales, es algo inconmensurable, más cercano a nuestra condición inmortal que a la precariedad humana. El placer del eros, la total subversión de toda racionalidad, la primacía del instinto y de las emociones intensas van más allá de la simple concepción de una nueva vida. Son estos los elementos esenciales que caracterizan la existencia de cada uno de nosotros. La locura por amor y el gozo sexual que conduce a la cumbre del deseo representan el verdadero himno a la alegría de vivir. El coito no es un simple cálculo para la reproducción de la especie: el orgasmo es, en sí mismo, la experiencia del máximo placer. Por eso las musas son mis aliadas; las siento muy cerca de mí. Ellas influyen en las almas y conducen a la locura creativa. La música, la poesía y el canto te brindan una inmensa felicidad y alimentan la alegría de vivir, como ocurre con todo verdadero arte. Así, mi inspiración amorosa, sea cual sea su forma, es legítima y coherente con la naturaleza del universo. Y el mismo Zeus está plenamente convencido de ello. Yo no debo avergonzarme si Pasífae amó a un toro, si Ariadna traicionó a su familia y su patria por amor a Teseo o si Fedra se excitó por el deseo del cuerpo de su hijastro. El único reproche que puedo hacerme es que estos actos de amor hacia las mujeres surgieron por sentimiento de venganza de un dios y no por un deseo genuino de placer. Lo que me pidió el dios Poseidón —y aquí, con la mano izquierda, señala al dios, que mientras tanto ha permanecido detrás de su hermano Zeus, mostrando vergüenza de saberse implicado en el asunto— lo hice sin compartir su odio. Mi intención fue empujar a la felicidad y a la alegría sexual a las mujeres que, según él, debían ser castigadas por su venganza. Y aquí, ahora, lo confieso ante todos: me parece una razón infantil vengarse por la falta de un sacrificio taurino. Creo que los dioses deberíamos tener sentimientos más nobles, más dignos. Por eso, dejad de juzgarme. Y tú, reina de los cielos, actúa según tu perfil: sigue respetando los hipócritas límites de la decencia, mantente fiel a la familia, al orden establecido, a la moralidad de las costumbres. Pero déjame a mí la libertad de las emociones fuertes. Es bueno que tú y todos los habitantes del Olimpo sepáis que, si toda la realidad girara en torno a mí, como debería ser, y el rey Zeus lo sabe pero no quiere comprometerse, entonces el universo estaría lleno de paz y de una inmensa felicidad. Sin embargo, no es así. Y por eso dominan los instintos de prevaricación y de poder que solo conducen a la ruina y a la muerte para todos. Después de una breve pausa y tras ajustar con afectada coquetería la faja bordada que le cae por la espalda hasta su maravilloso pecho, Afrodita añade:

—Ahora mismo, Zeus me perdonará, yo me retiro. Me aparto de este concilio, inútil para mí. Y deseo que, en el porvenir, no sea solicitada por parte de quienes solo sienten adversidad y odio. Yo soy la diosa del amor. Es decir, ¡yo soy la vida!

A Hera se le sube la sangre a la cabeza. Artemisa se le acerca para coordinar con ella las nuevas estrategias con las que contrarrestar las ideas de Afrodita, pero Zeus no les concede tiempo. Interrumpe el concilio y, reafirmando su papel de rey de los cielos, declara:

—El orden que he querido instaurar con este nuevo universo, mejor que el de nuestros padres, sin duda se fundamenta en el amor, en el placer del orgasmo y en todo lo que concierne a la alegría sexual de hombres y mujeres enamorados. Sin embargo, ello no va en contra de mi esposa y hermana, Hera. La reina no queda rebajada por la diosa Afrodita, así como Afrodita no es anulada por la reina. La vida es un tejido de instinto y cultura, de pasión y racionalidad, de placeres y de compromisos. Por eso, la diosa Hera, mi esposa, se integra en la figura de Afrodita; y esta última, aunque poderosa, jamás podrá tener supremacía absoluta.

Afrodita, alejándose, aún alcanza a oír lo dicho por el padre de los dioses. Entonces murmura su comentario:

—Estupendo… El rey del universo ha llegado a componendas que refuerzan su poder, pero no atienden las necesidades más profundas de cada individuo.

Índice